「い…、っ……、あ、抜……」
深い位置まで埋まってゆく先端に、吉祥の声が怯えを映して跳ねる。

ブラザー×セクスアリス

篠《しの》崎《ざき》一《ひと》夜《よ》

ILLUSTRATION
香《こう》坂《さか》透《とおる》

CONTENTS

ブラザー×セクスアリス

ブラザー×セクスアリス

眩《まぶ》しすぎる朝の日差《ひざ》しが、目に痛い。

明るい世界は本来、仁科吉祥《にしなきっしょう》がなによりも好むものだ。だが寝不足の今朝に限っては、それさえも恨《うら》めしい。

「校内へ持ち込めないものは、全部ここに置いて行け。返却は寮の聴聞室で行う。必要な者は申請書を書くこと」

大きな声が、校門から響く。腕章《わんしょう》を着けた上級生が、校門を背に大声を張り上げていた。いつにない風景に、登校する生徒たちが不安気な顔を見合わせる。

「所持品検査？　マジすか。俺今エロ本入ってんですけど」

隣を歩く杉浦偉須呂《すぎうらいすろ》が、げ、と呻《うめ》いた。くっきりと描き出された杉浦の双眸《そうぼう》は、不穏《ふおん》な言葉を口にしてさえ屈託がない。飾り気のない容貌《ようぼう》は快活で、いかにも活動的だ。

引き締まった体軀《たいく》と、その足取りの軽さが目を引いたのか、腕章を着けた上級生の一人が杉浦の前で足を止めた。

「おいお前、鞄《かばん》を開け」

「やっぱ俺かよ」

乱暴に肩を突かれ、杉浦が天を仰ぐ。

各寮にある聴聞室は、事実上最上級生である三年生や、特権的な立場の者しか出入りできない。ここで没収されてしまえば、なんであれ二度と一年生の手元には戻らないだろう。所持品検査など名ばかりで、これではただの恐喝《きょうかつ》だ。

「さっさと鞄開けつってんだろ。とれぇんだよこのクズ」

もう一度小突いた上級生に、杉浦の眉根がぴくりと歪《ゆが》んだ。

「あァ？　誰がとれぇって？」

臆《おく》することなく視線を受け止め、杉浦が白い歯を剥き出しにする。先程までの陽気さがからりと失せて、代わりに鮮明な怒気が杉浦の双眸を染めた。

「やめろ、杉浦」

踏み出そうとした杉浦を、静かな声が遮《さえぎ》る。

凛としたその響きに、居合わせた生徒たちが思わずといった様子で振り返った。無遠慮な視線に構わず、吉祥が自らの鞄を示す。

真新しい朝日に晒される吉祥の容貌は清潔で、同時にはっとするような色香を秘めていた。ぬれたように黒い双眸に見据えられ、上級生がたじろぐ。

「改めるなら、俺の鞄にして下さい。第一寮、学年代表の仁科です」

ふるえ一つない声が、朝の空気に映《は》えた。迷わず上級生を見返した吉祥に、生徒たちが声もなくざわめく。

「ちょ、仁科君、いいって！」

慌《あわ》てる杉浦に首を振り、吉祥はその代わり、と言葉を継いだ。

「他の一年はこのまま通してやって下さい」

「な…。コイツ、なに勝手なこと言ってんだよ！」

呑《の》まれたように吉祥を凝視《ぎょうし》していた上級生が、怒鳴り声を上げる。

「いーじゃんいーじゃん。面白《おもし》れーし。見せてもらおうぜ。学年代表クンの鞄」

ポケットに両手を突っ込んだ上級生の一人が、ぶらぶらと間に割って入った。

制服を着崩した、背の高い男だ。騒ぎを聞きつけた他の上級生たちも、いつの間にか周囲に集まり始めている。

「でもさーホントにいーの？　出てくるもんによっちゃ、学生牢行きかもよ？」

にやつく男が、ぬっと、吉祥の鼻先へ顔を突き出す。摑《つか》みかかろうとした杉浦を押し留め、吉祥は自らの鞄に手をかけた。

どうせ疚《やま》しいものなんか、入っていないのだ。言いがかりをつけられ、財布くらいは取り上げられるかもしれないが、その程度は仕方ない。上級生たちの眼前へ中身をぶちまけようとして、吉祥はふとその動きを止めた。

「……っ…」

見慣れないものが、ある。

ぱちりと瞬いて、吉祥はもう一度自らの鞄を覗《のぞ》き込んだ。

「…仁科君？」

凍りついた吉祥へ、杉浦が問う。途端にどっと、冷たい汗が噴き出した。

何故。

何故こんなものがここにあるのか。

だってこれは。これは。

「っ……」

幻覚ではなく、何度鞄を覗いてもそれはやはりそこにあった。

どぎつい紫色をした、塊《かたまり》。

安っぽい握りを持つ細長い棒には、でこぼことした突起がついている。それがどんな用途で用いられ、体のどの部位に入るのか。またどんなふうに動かすのか。昨日の夜、吉祥はそれを嫌というほど思い知らされた。

「どうした、早くしろよ」

痺《しび》れを切らした上級生が、鞄に摑みかかる。

まずい。

蒼白になった瞬間、叫び声が上がった。真後ろから伸びた腕が、上級生の手首を捻《ひね》り上げたのだ。

「ダメじゃねーのお兄ちゃん。鞄、間違えて持ってっちゃ」

耳の真横で、だらしのない声がした。悲鳴にも似た息を呑む音が、上級生たちの唇からもれる。

「彌勒《みろく》…」

振り返るより、名を呼ぶ方が早かった。

巡らせた視線の先に、枯れ葉色の髪が映る。整髪剤で整えられた前髪の向こうで、暗い色合いの双眸が瞬《またた》いた。

よく光る、眼だ。

頑丈な骨と筋肉を持つ、獰猛《どうもう》な生き物を思わせる。長身の彌勒は、年子の兄である吉祥を易々と見下ろした。背丈だけでなく、自分たち兄弟は少しも似ていない。容貌も、纏《まと》う雰囲気も、性格もなにもかもだ。

「鞄…、お前…の…？」

引きつるような声が、低くこぼれる。

「そ。で？　ナニあんたら。俺の鞄の中身が見てーって？」

ひんやりとした彌勒の鼻梁《びりょう》が、背後から吉祥の顎《あご》のつけ根に擦り寄せられた。怠《だる》そうに兄の肩口へ顎を乗せ、彌勒が鞄に腕を伸ばしてくる。

「彌……！」

止める間もない。

掻《か》き回された鞄から、真っ赤なビニールパッケージが掴み出された。びろびろっと帯状に連《つら》なる小袋は、見るからにいかがわしい。取り囲む生徒たちから、どよめきがもれた。

「極めてフツーな高校生の鞄だろ？」

卑猥《ひわい》なパッケージの端を、彌勒が歯で挟《はさ》む。

「分けて欲しーわけぇ？　でもよー初心者なお兄ちゃんにも分かっだろーけど、こいつゴムじゃねーし。大体ゴムも使い道ねーだろ童貞《どうてい》ヤローには。あー、はめてオナニーでもすんの」

自分の言葉に、彌勒が体を折り曲げ、げらげらと笑う。

「な…！」

捻られた腕ごと体を突き放され、上級生が痛みと屈辱《くつじょく》で顔を真っ赤にした。笑い続ける彌勒が、光る眼で上級生を見返す。その眼は少しも、楽しんでなどいない。踏み出し、拳《こぶし》を固めようとした弟へ、吉祥は容赦《ようしゃ》なく鞄をぶち当てた。

「黙れ！　なにがフツーだこの変態ッ！」


深く息を吸い、手のなかの重みを確かめる。

真昼時の図書室は、やわらかな沈黙のなかにあった。ぶ厚い本を両手で支え、吉祥が慎重《しんちょう》に周囲を見回す。喉の奥が微《かす》かにひりついたが、気にしてはいられない。

「いい避難場所だな、吉祥」

「…ッ…」

耳の真横を掠《かす》めた声音《こわね》に、心臓が跳ね上がる。肩が触れそうな近さに、長身の男が立っていた。

表情に乏《とぼ》しい双眸を覆う眼鏡《めがね》が、陽光を弾《はじ》く。冷たく感じられるその輝きは、ひやりと整った男の容貌によく似合っていた。無駄な肉のない、引き締まった体軀も同様だ。内包する筋肉の力強さとは裏腹に、男は涼しげで隙がない。

「……なんだ、氷室《ひむろ》か」

音もなく立つ友人に、ほっと全身から力が抜けた。心底からの吉祥の笑みに、氷室神鷹《かみたか》が切れ長な眼を歪める。

「周りが騒ぐのも無理ねぇよな。偉須呂庇《かば》って上級生に喧嘩《けんか》売った挙《あ》げ句《く》、コンドームぶちまければ」

ああ、ゴムじゃなくてローションだったか。

そう独《ひと》りごちた氷室に、吉祥が奥歯を嚙《か》む。

「地獄《じごく》耳のお前はともかく、なんでみんなが知ってるんだ…！」

今朝の校門での一件は、瞬く間に校内中へ広がった。娯楽《ごらく》の少ない閉鎖空間とはいえ、噂《うわさ》が浸透《しんとう》する早さには辟易《へきえき》とする。

「仕方ねーだろ。下ネタに食いつくのは男子高校生の性《さが》だ」

言葉を裏切る醒めた眼をして、氷室が眼鏡を押し上げた。

「そんな性、俺は知らないぞ」

「お前は、な」

表情も変えず即答され、吉祥が薄い唇を引き結ぶ。

「…氷室は今朝の所持品検査みたいなのが、普通だって言うのか。あれも変なＤＶＤのせいなんだろ？　本気で風紀を正すためならともかく、検査で釣り上げてまで見たいようなものなのか」

不満が、声になった。

全寮制の学舎《まなびや》は、市街地から遠く離れた山間にあった。そんな場所に若い男ばかりが詰め込まれているせいか、氷室が言う通り皆いかがわしい話題には敏感《びんかん》だ。なかでもここ数日は、卑猥なDVDを持ち込んだ不心得者《ふこころえもの》がいたとかいないとかで、ちょっとした騒ぎになっていた。

今日の所持品検査も、それと無関係ではないらしい。あわよくば、DVDを没収して楽しもうというところか。

残念なことだが、上級生が下級生の持ち物を私物化することは寮内ではままあることだ。しかし取り締まりの名を借りてまで行うなど、とてもではないが感心できない。

「そいつは偉須呂にでも聞いてみろよ。あいつのエロテキストはAVなんだろ。最近は高身長、黒髪スレンダーな女優に抗《あらが》いがてー魅力を感じてるって話だぜ？」

「テ、テキストなのか」

ぎょっとして、吉祥の声が裏返る。

確かに性交の詳細な手順など、授業では教わらない。それを皆どこで身に着けるのか疑問だったが、そうした手段もあるということか。

「だからフツー、下ネタが嫌いな男子高校生はいねーんだよ」

「普通……。そ、そうだ、ところで氷室はなにしてるんだ。図書館なんかで」

話題を逸《そ》らそうとした吉祥を、氷室が見返す。

「野暮《やぼ》用。お前は逃避ついでに調べものか？」

氷室が所属するのは、吉祥と同じアイスホッケー部だ。誰よりもアイスホッケーを愛する氷室は、それが高じてか利害が反する相手には容赦がなかった。入学して間がないにも拘《かか》わらず、すでに氷室を計算高く、冷酷な男だと恐れる者も多いという。残念なことだが、氷室はそんな男でないと抗弁することは難しい。そうした友人の野暮用がどんなものか、尋ねるべきでないことくらい吉祥だって知っている。

尤《もっと》も小学校以来、リンクの内外《ないがい》で肩を並べてきた吉祥にとっては、氷室は誰よりも信頼できる親友だった。

「……調べものっていうか…」

手にしていた本を隠そうとし、吉祥がはっと黒い双眸を瞬かせる。

出身校こそ違うが、氷室とはジュニアチーム時代からの、最もつき合いの長いチームメート同士だ。その氷室になら、相談できるかもしれない。

「氷室、お前この本、読んだことあるか？」

周囲に人影がないことを確かめ、吉祥は深緑色の本を友人に示した。大きな題字を目にし、常に冷静な氷室が動きを止める。

「………」

「なあ氷室、どうなんだ」

『同性愛の発明とその機能』。

突きつけられた題字を見下ろし、氷室が唸《うな》る。

「…残念ながらねーよ」

「……そうか…。本当に残念だ…」

友人の応《こた》えに、吉祥はがっくりと薄い肩を落とした。

「あ、じゃあこれはどうだ。ここに書いてある…この、性器を穴状の部位に挿入する肛門性交、上腿《じょうたい》性交、フェラチオについてなんだが…」

開いた本の一節《いっせつ》を、吉祥が静かに読み上げる。抑制《よくせい》の効いた声は、教科書を朗読するのと大差がない。

「……相変わらずだな。予想通りの球《たま》投げねえにもほどがあんだろクソ天然。高尾山《たかおさん》登る前に、いきなりエベレスト目指そうってか」

「エベレスト？　登山じゃない、フェラチオの話だ」

大真面目《おおまじめ》に訂正した吉祥に、氷室が額《ひたい》へ指先を押し当てた。

「…俺が言いてぇのは、ホッケーの日本代表にもなれねえのに、カナダ代表になる気かって意味だ」

「無茶だってことか」

アイスホッケーに喩《たと》えられ、吉祥がようやく顔を曇らせる。

「そんな顔すんじゃねぇよ。つかそもそもなんの話だ。藪《やぶ》から棒にもほどがあんだろ」

硝子《がらす》越しの目に覗き込まれ、吉祥は素直に頭を下げた。

「…悪かった、急に変なこと聞いて。お前ならなんでも知ってると思って」

「俺はお前のおかんじゃねえぞ」

「当たり前だ。親に聞けるか、こんな話」

真顔《まがお》で応えた吉祥に、氷室がやれやれと息を吐いた。

「だったらなにが知りてーのか知らねぇが、ンなのはAVオタクか、テメェの弟にでも聞いとけ」

弟、という響きに、吉祥の瞼《まぶた》がぴくりと引きつる。

「駄目《だめ》だ」

弟に尋ねるなど、絶対にできない。だからこうやって資料を探しに来たのだ。彌勒に質問などしたら、どんなふうに莫迦《ばか》にされるか考えただけで腹が立つ。

紫色の玩具《がんぐ》や、小分けされたローションが脳裏《のうり》から消えず、吉祥は唇を噛んだ。

なんであんなものが鞄に入っていたのか。

吉祥は自分と彌勒の鞄とを、取り違えたわけではない。全ては彌勒が、兄の鞄に仕込んだものだ。

あのまま上級生に中味を暴《あば》かれていたら、どうなっていたか。

蒼白になる兄を、彌勒は初心者、と揶揄《やゆ》した。そもそも好きで経験者になどなったわけではない。

それでもそう言われると、兄として腹が立つから理不尽《りふじん》だ。

「なんだって吉祥、ンな『同性愛の…』なんだ『恥ずかしいテクニック』？ なんぞに興味持ち始め…」

題字を復唱しようとした友人に、ぎょっとして手を伸ばす。力任せに氷室の口を塞ぎ、吉祥は周囲に目をやった。

「しッ。『発明とその機能』、だ。大きな声を出すな氷室…！」

「…真顔で上腿性交とか言えるヤツに言われたくねえんですけど」

「ご、誤解するなよ。これはドイツの近代史についての本だ。百七十九条っていうのがあってだな…それを調べていて、この本に行き着いたんだ。学年代表として、不謹慎《ふきんしん》なＤＶＤを持ち込む生徒へ、この刑法がなにか参考にならないかと思って…」

予《あらかじ》め用意しておいた言い訳を、上擦《うわず》りそうな声で押し出す。

「参考ねぇ…。駅前に店ができたからって騒ぎすぎだろ」

「店ってＤＶＤのか」

「品揃《しなぞろ》えがいいんだってよ？　ここじゃ携帯もネットも禁止でネタに事欠くっつっても、ＡＶなんて買ってまで見るもんじゃねーだろーに」

「…そういう、ものなのか？」

肩を竦《すく》め、氷室が吉祥の握る本を指した。

「で、読んで分からねえ内容ってのは、どうしても理解できねえと困るもんなのか」

氷室の言葉に、大きく頷《うなず》きそうになる。

困る、のだ。

無論ドイツの刑法を理解できないことが、ではない。不本意なことだが、肛門性交がどんなものか、吉祥は高校進学を機に身を以《もっ》て知る羽目《はめ》になった。それだけでも恐るべきことだが、さらに戦慄《せんりつ》すべきは、性交相手が血の繋《つな》がった弟だという点だ。

昨夜だって寝台《ベッド》に仰向《あおむ》けに転がされ、シーツに膝《ひざ》が着くほど深く体を折り開かれた。持ち上げられた尻を陰茎《いんけい》が出入りしていたのは、ひどく長い時間だ。終わった頃には疲労と眠気で、まともに目も開けていられなかった。それでも日が昇ると、吉祥は泣いたせいで腫《は》れた瞼をこすり、いつもと同じ時間に寝台を降りた。

その、繰り返しだ。彌勒と関係を持って以来、似たような朝を吉祥は何度も迎えてきた。

しかし、それだけだ。

性的な意味で、吉祥は彌勒以外の何者も知りはしない。知りたいわけでもない。だが彌勒に揶揄される通り、知識には決定的に欠けていると、思う。

自分にあるのは、彌勒から与えられた情報だけなのだ。異性との性交の経験も、吉祥にはない。尤も男女間の性交と、自分が経験したそれとが決定的に違うことくらい知っている。

男女の性交はともかくとして、一般的な肛門性交というものが、具体的にどう行われるのか。それはいまだによく分からない。もっと正しい手段があるならば、それを知るべきではないか。ルールを知らずしては、試合に勝つどころかリンクに立つことすらできないのだ。

だが尋ねてみたくても、当然と言うべきか吉祥の周囲にそうした経験が豊富そうな者はいなかった。

「知識があって困ることはないだろう。…この百七十五条は、男性同士の卑猥行為を禁じてるんだが、大腿《だいたい》性交や肛門性交は駄目で、相互《そうご》オナニーは罰せられなかったそうだ」

めくった頁《ページ》の一節を、再び吉祥が難しい表情で読み上げる。それ以上に難しい顔で、氷室が眉間《みけん》に深い皺《しわ》を刻んだ。

「は？」

「だから相互オナニーだ。どういうことだこれも。具体的な説明なしで、刑罰《けいばつ》の差異《さい》だけ書かれても困ると思わないか」

「なんだって」

「だから、そ、う、ご、オ、ナ、ニー！」

繰り返した声が、大きくなる。

はっと息を呑んでもすでに遅い。

水を打ったような空気のなか、生徒たちが目を剝いてこちらを凝視していた。

「…そこ、無駄話なら退室しなさい」

本棚の隙間から、司書に低く窘《たしな》められる。

「す、すみません！」

莫迦正直に頭を下げた吉祥の手から、氷室が本を取り上げた。

「ドイツ近代史における猥褻《わいせつ》行為の考察《こうさつ》です」

ばんばんと本を叩いた氷室に、司書が渋い顔のままカウンターへ引っ込む。氷室に睨《にら》まれた生徒たちも、ざわつきながら目を逸らした。

立ちつくす吉祥の真横で、響いた舌打ちは一つきりだ。

「なにが卑猥行為の考察だ、クソ眼鏡」

振り返り、吉祥は声を上げられないまま凍りついた。

鋭利《えいり》な声音は、図書館には不似合いだ。日差しに映える髪の明るさも、やはりここには似合わなかった。

「…彌勒、お前……」

腰《こし》で体重を支え、だらしなく立つ弟の名を絞《しぼ》り出す。

不機嫌《ふきげん》そうに傾《かたむ》けられた頭で、金の縁《ふち》取《ど》りがある黒い髪飾りが揺《ゆ》れていた。無造作《むぞうさ》に束《たば》ねられ跳ねる毛先が、彫りの深い弟の容貌をより男っぽく見せている。

「……そこ」

遠慮のない彌勒の声に、司書がもう一度顔を覗かせた。しかし振り返った眼光に抉《えぐ》られ、首を絞められたように息を呑む。

「考察ついでに実地《じっち》どーよとか言い出すに決まってんだろ。人の兄ちゃん狙《ねら》ってんじゃねーぞ変態」

長い彌勒の腕が、忌々《いまいま》しげに伸びた。

身を翻《ひるがえ》そうとした吉祥の肩に、逞《たくま》しい腕が絡《から》む。本棚に手をついた弟が、兄の口元へ舌打ちしたそうな唇を擦り寄せた。

「氷室をお前と一緒にするな！　大体あんなもの鞄に入れる方が…」

「あーあんなもんって？」

両手で顔を押し返すのと、視界が回ったのとは同時だ。

「うわ…っ」

膝裏に腕が当たり、足元が浮き上がる。彌勒の肩へ荷物のように担《にな》われたのだと知り、悲鳴がもれた。

「残念だな吉祥。今日の卑猥行為の考察はここまでらしいぜ」

溜め息を吐いた氷室が、本を書棚へ戻す。

「待て氷室…！　助…」

手を伸ばすが、氷室は無駄と分かる助力をする男ではない。残念そうな眼で、ただ見送られた。

「騒いじゃダメだろーがお兄ちゃん、迷惑じゃね。ここ図書館よ」

背中を殴《なぐ》ってやろうにも、彌勒が歩き出すとそれも叶《かな》わなくなる。

「下ろせ！」

「暴れんじゃねーって。落しちまったらどーすんの」

痩《や》せているとはいえ、吉祥は小柄《こがら》な部類ではない。しかし危なげなく歩く彌勒を、図書館中の視線が振り返った。立ちつくす司書の前を横切り、廊下へ出る。

「どこへ行く気だ！」

「図書館よか都合のイイ所」

真っ直ぐに通り抜けようとした通路が、薄暗く陰った。階段下をくぐる通路には窓がなく、照明も消えている。

薄い紙で皮膚《ひふ》を切った時のように、すっと肩口に悪寒《おかん》が走った。

覆《おお》い被《かぶ》さってくる。

削《そ》ぎ落としがたい闇が。

「…っ…」

声を上げるほどの、暗さではない。しかし兄の緊張をすぐに読み取ったのだろう。彌勒の足が、迷わず右に折れた。

吹き抜けがある明るい通路を選び、壁の電源に腕を伸ばす。当たり前のように電気を点《とも》され、吉祥は形のよい唇を噛んだ。

「…消せ。環境にやさしくないだろ」

掠《かす》れた文句とは裏腹に、照明の明るさは絶対的な安寧《あんねい》を吉祥にもたらす。

口惜《お》しい。闇に怯えるこの惨《みじ》めさは、憎んでも憎みきれない。だがどんなに足掻《あが》いても、暗い場所は駄目なのだ。

幼い日に吉祥は弟と二人、連れ去り未遂《みすい》事件の被害者となった。

吊《つ》るしてみたい。そう囁《ささや》き首筋をくすぐった男の手を逃れ、廃車のトランクにもぐり込んだ。

暗闇しかなかった。

押し潰《つぶ》されるような漆黒《しっこく》と恐怖に目を凝《こ》らし、吉祥は弟の手を握り続けた。

丸二日半だ。

どこからが自分の体で、どこからが弟の体だったのか、分からなくなるには十分な長さだった。闇の底で、世界は簡単に形を変えてしまったのだ。

自分たち自身だって同じだった。あの日以来、吉祥は暗がりを懼《おそ》れた。闇のなかでは、呼吸さえままならない。

切り捨てがたい過去を、それでも吉祥は忘れようと努めた。

しかしあの闇のなかでもそうだったように、自分が正気《しょうき》であるとの確信は、固持《こじ》しがたい。ただ明るい日差しだけが、胸を覆う不安をわずかだが拭《ぬぐ》い去ってくれるのだ。

「俺がやさしーのはお兄ちゃんにだけよ」

「だったら今すぐ下ろせ！」

怒鳴る吉祥の尻を撫《な》で、彌勒が扉の一つを足で開く。天を指す幼子《おさなご》の像が掲《かか》げられたそこは、保健室だ。真昼時にも拘《かか》わらず、保健室にもまた弟が明かりを点す。保険医は不在なのか、古い棚が並ぶ室内は静まり返っていた。

「わ…」

易々と寝台へ下ろされ、吉祥が呻く。

「あーやっぱここで見ても変わんねーなァ」

腰を屈《かが》め覗き込んでくる彌勒に、吉祥は白いシーツを摺《ず》り上がった。

「どこ痛ぇの、吉祥」

「莫迦な弟を持った現実が一番痛い」

「違えだろ、腹？　あー後喉な。調子よくねーだろテメェ」

顔色が悪ィと唸《うな》り、彌勒が親指で兄の瞼を撫でる。

彌勒が言う通り、確かに今日は腹の調子がよくなかった。だからといって、騒ぐほどのことではない。目敏《めざと》い氷室でさえ、吉祥の顔色になど気づかなかったのだ。

「平気だ。明かりのせいだろ」

「なわけあるかよ。相互オナニーとか叫んでる暇《ひま》あんなら寝てろ。朝も莫迦みてえに走りやがって」

忌々しそうに吐き捨てられ、吉祥が黒い双眸を吊り上げる。

走るのは、吉祥の日課だ。体を作るためには欠かせない。睡眠を奪う大きな原因は、誰にあると思っているのだ。

「安心しろ。今日帰ったら俺はさっさと寝る」

「俺と相互オナニーした後で？」

「ば…」

「お兄ちゃんがガッコ持って来た玩具で、遊んで欲しいとか」

にやにやと笑われ、新しく込み上げた怒りで目の前が濁《にご》った。

「お…お前なに考えてあんな…ッ！」

所持品検査がなかったとしても、いずれは鞄を開けなければならない。おはよう、なんて挨拶《あいさつ》を交わしながら、教室で教科書を取り出した拍子に、あんなものがこぼれでもしたらどうなっていたと思うのだ。

「やっぱナニじゃね」

どうでもよさそうに首を傾け、彌勒が兄のネクタイに指を滑《すべ》らせた。驚くほど器用に結び目をほどかれ、吉祥が寝台を躄《いざ》る。

「どけ変態ッ！　よくもあんなもの…」

「変態じゃねってフツーだろフツー。誰の鞄にも五、六本は入ってんだよ知らねーの」

どんな常識だそれは。

罵《ののし》ってやりたいが、吉祥の経験など彌勒には遠く及ばない。不条理だと知りつつも、ぐっと喉の奥で息が潰れる。

「それよか俺、相互オナニーのこと知りてえなァ？　ナニアレ」

後退《あとじさ》る吉祥を見下ろし、彌勒が片膝で寝台へ乗り上げた。弟の体重を受け止め、ぎ、と寝台が低く軋《きし》む。

「だ、だからドイツの法律に関する問題だ！　変なＤＶＤを持ち込む生徒に対して、所持品検査なんかじゃなくてだな…」

苦しい兄の言い訳に、彌勒がふーん、と頷いた。

「参考になるわけねーし。つかエロビって誰だテメェに話振ったクソ」

逆光を浴びる彌勒の双眸が、剣呑《けんのん》な輝きを帯《お》びる。

白いカーテンを透かす光のなかで、弟の影ばかりが黒く、大きく見えた。まるで四つ足で這《は》い寄る、獣《けもの》みたいだ。寝台を飛び降りようと身を捻るが、大きな掌《てのひら》に足首を摑まれる。

「が、学年代表だから知っていて当然だろう」

暴れる体ごと、清潔なシーツへ引き摺り戻された。靴《くつ》を履いたままの踵《かかと》が、ぎ、と高い音を立て白い布を軋ませる。

「当然なわけあっかよ。エロビなんか絶対触んじゃねーぞ。見てぇわけ？　俺以外のチンポが射精《しゃせい》すっトコ」

「射…」

どうしてこんな汚い言葉を、簡単に口にできるのか。

当然肯定《こうてい》できる問いでもない。そもそも彌勒とは対照的に、自分はこうした話題そのものにも抵抗があった。

アイスホッケーに熱中する吉祥は、高校に進学した今も異性に対する関心はほとんどない。異性の肉体を知る前に、実弟と関係を持ってしまったこととは多分無関係だ。彌勒と性交に及ぶ前から、そんなものは然《しか》るべき年齢になれば自然に培《つちか》われるものだと、漠然《ばくぜん》と考えてきた。

しかし周囲を見回せば、男ばかりの校内は下世話《げせわ》な話題であふれている。兄の鞄にいやらしい玩具を入れる弟は論外だとしても、猥褻なビデオを他人から奪ってまで見たいと考えるのは、果たして普通の感覚なのだろうか。

正常な世界と自分の差異とを思う時、吉祥の胸を苦く摑むものがある。

暗がりの記憶だ。

同じ闇をくぐり抜けた彌勒は、吉祥とはまるで正反対だった。拳に暴力を宿《やど》し、中学に上がる頃には実家に寄りつかなくなった。たまに帰宅しても、その身辺《しんぺん》には大概《たいがい》得体の知れない女の匂いがあった。初心者、と兄を揶揄した弟は、きっと驚くほど早い時期から女性と関係を持っていたのだろう。

弟の極端さも、やはり正常とは言いがたい。だがビデオのために血眼になる生徒たちを見ていると、より自分こそが特異《とくい》なのかと思えてくる。

「なーヤだろ。俺のだけにしとけって。俺が吉祥ンなかで気持ちよくなるトコ、生で見るだけで十分だろーが」

広げられた彌勒の掌が、胸元から脇腹へとぞろりと動く。目を合わせ、上唇を舐《な》めた弟の舌の動きに、吉祥は息を詰めた。

「っ……」

「俺は好きだぜぇ。お兄ちゃんがアンアン言って泣いちまうツラ」

上がった顎先へ、鼻面《はなづら》を擦り寄せられる。すぐに殴りつけようとしたが、下腹を探る掌に股間《こかん》を押され、呆気《あっけ》なく手足が強張《こわば》った。

「…黙…れっ」

制服の上から、まだやわらかな肉を探られる。固い布越しだというのに彌勒の動きがはっきりと伝わり、吉祥は悲鳴を呑み込んだ。床へ降りようと暴れる足を、大きな掌が撫で辿《たど》る。瞬く間に靴が奪われ、二足ともぽいぽいと床へ放られた。

「ベルト、自分で外してみ」

「ば…！　よせっ、ここ…」

甘ったれた囁きが恐ろしくて、踵で弟を押し返す。顔を狙ったが、ぶち当たる前に両足首を摑まれた。

「ココ？　保健室のベッドォ。好都合じゃね触診《しょくしん》させて？　お兄ちゃんの腹ンなか」

「ぁ…」

そのまま大きく左右に開かれ、膝が曲がる。体重をかけ膝の間に割り込まれてしまえば、身動きさえままならない。薄い吉祥の腰を探り、彌勒が器用にベルトをゆるめた。

「…ッ、退《ど》けろ、手…！」

全身から血の気が下がる。蒼白になる兄を、彌勒が真上から見下ろした。

「リラックスしろって。チンコ入れたりしねーから」

目の奥で、痛みにも似た衝撃《しょうげき》が爆《は》ぜる。

そんな問題ではないだろう。声にもできず固めた拳で肩を撲《う》つが、力なんて満足に入らない。

「やめ…ろっ…！」

体を折りたたまれているせいで、ただでさえ息が上がる。呆《あき》れるほど器用な手が、嫌がる兄の下肢《かし》から制服を引き下ろした。

「っ……」

保健室の、寝台の上だ。いつ人が入って来てもおかしくはない。そうでなくても、性交なんかできる状態ではなかった。

押し返そうと両腕を伸ばす吉祥に頓着《とんちゃく》せず、彌勒が下着にまで指を引っかけてくる。

「ホントだって。ケツがどーなってっか見てぇだけ。奥までずぽずぽされすぎて辛《つれ》ぇって泣いてやがったろ？　吉祥、俺が洗ってやるつってもさせてくんねーし」

自分じゃ奥まできれーにできねぇくせに。

そう耳元で笑った彌勒が、わざとらしく下着のゴムを指で弾いた。ぱん、と乾いた音を立てた下着を引っ張られ、腰骨が剝き出しになる。

「…放《はな》……」

「させろよ。ンなサービス、お兄ちゃん以外絶対ェしやしねーぜ？」

「なに、が…サービスだ…！」

「自分じゃ服も脱げねー吉祥の代わりに、こーやって手ェ貸してやってるとことかよぉ」

お前の手など、借りたくない。そもそも服を、脱ぎたくはないのだ。

着衣を引き上げ罵ろうにも、大きく胸が喘《あえ》ぐばかりでほとんど声にならない。膝裏を押し上げられ、腿《もも》に残る制服ごと剝《は》ぎ取られると、途端に体を護《まも》るものが薄くなった。

「ぁ…」

「オラ、楽にしてろって」

べろっと自らの口を舐めた彌勒が、吉祥の膝脇へ囓《かじ》りつく。

乾いた皮膚に唾液《だえき》が滑り、爪先《つまさき》が跳ねた。反射的に膝を閉じると、沈み込んだ弟の頰《ほお》や髪が内腿に擦れる。

「…ッ…」

彌勒の鼻梁が股間に当たり、吉祥はきつく顎を突き出した。

たった今まで下着に護られていた場所には、彌勒の頰さえ冷たく感じる。もぞ、と口が動いて、唇がやわらかに性器を揉《も》んだ。

「縮んでんじゃん」

「…やめ…！」

保健室の寝台で、裸の股間に弟の顔を寄せられている。これ以上の禁忌《きんき》があるだろうか。春休みのあのアイスリンクで、弟の手を摑んだのは自分の方だ。どんな結果が待っているか、考える暇などなかった。正しさだけを問題にするなら、もっと別の道もあったはずだ。だが自分が選び取れたものは、この現実だけだった。

大きくふるえた内腿を、痛むくらいに吸われる。皮膚の下から血の気が失せると同時に、かっと頭のなかが熱くなった。

「嘘。ひくひくしてる」

性器に口を擦りつけ、彌勒が尻を撫でてくる。緊張した腿が顔に当たっても、弟は上目遣《うわめづか》いに笑うだけだ。唇に触れた性器が、彌勒の言葉通りぴくっと戦《おのの》く。

「退け…！　ぁ…」

泣きそうな声がもれて、吉祥は堅く目を閉じた。

窓から入る日差しと照明とが、吉祥の肌をより白く照らし出す。尻が上を向くほど深く体を折られると、隠せるものはなにもなかった。

「だったら協力してよ、お兄ちゃん」

甘ったれた声で囁かれ、握った拳を自らの額に押し当てる。

摺り上がったシャツが、辛うじて胸元を覆うがそれだけだ。強請《ねだ》られるまでもなく、肉づきの薄い下腹は勿論《もちろん》、性器やその奥にまでも光が届いてしまう。

「ココとか」

固い親指の腹が、内側へ窄《すぼ》まる粘膜《ねんまく》をぐっと開いた。

「…い…っ…」

繊細《せんさい》な皺を刻む尻穴が、引きつれる。

他人の眼になど、決して晒したくない場所だ。自分でだって、確かめたりなんかしない。そんな器官を、弟が間近から覗き込んでくる。

「可《か》っ愛《わ》いーの。ちゃんと口閉じてやがる」

皺を伸ばすように、彌勒の指がぐるりと周囲を撫でた。視線を注がれる穴が、きゅっと内側へ窄まる。固い指の腹がそれを許さず、左右に引っ張った。

「や…っ…」

眼球《がんきゅう》の奥がきりきりと痛んで、首を横に振る。

弟の指は慎重だが、容赦はない。割られるまま、艶《つや》やかな粘膜が覗く。ぬれたように赤い粘膜の境目を、彌勒がまじまじと眺《なが》め回した。

「赤いっちゃ赤ェけどいんじゃね。腫れちゃいねーわ」

ぺちょ、とちいさくぬれた音が響く。

伸びた舌先が、試すように薄い粘膜を突いた。

「…ひっ…」

舌先《し》を冷たく感じたのは一瞬だ。痩せた体が弓なりに反《そ》って、跳ね上がった踵が彌勒の肩口を撲つ。

「染みたぁ？」

ぺろりと口元を舐め回した彌勒が、苦にした様子もなく顔を上げた。

信じられない。この変態。

逃げようにも尻が揺れるだけで、罵声《ばせい》だって声にならない。動転《どうてん》する兄を見下ろし、彌勒がシーツになにかを放った。平たい、アルミケースだ。

「彌……」

恐ろしい予感に、肩が竦む。

兄の視線を受け止め、彌勒が薄い円柱形の蓋を開いた。そのまま人差し指で、どろりとした軟膏を掬《すく》う。

「切れちゃいねーけど塗っとこーぜ。お兄ちゃんのケツ、デリケートだし？」

繊細さとは無縁の弟が、こともなげにぬれた指を尻穴へ擦りつけた。

ひやりとした感触に、腹の底が重く痛む。嫌な汗が噴き出して、爪先までもが反り返った。

「や…ぁ…」

「あー、冷てェと腹冷えちまうか」

びくついた尻を笑い、彌勒が手のなかで軟膏を混ぜる。体温が移り、すぐに溶けたそれを今度は二本の指で塗りつけられた。

「あ…指……、や…」

剝き出しにされた赤い粘膜の上を、揃えられた指の腹がずるずると撫でる。

昨夜寮の寝台で与えられたのと、酷似《こくじ》した動きだ。思い出すだけで唾液が湧《わ》く。私的な空間とはいえ、寮内でさえ性行為に及ぶのは怖い。それどころか、ここは公共の場だ。

「ナニ？　指よかチンコで塗って欲しー？」

腿へ密着していた彌勒の腰が、上下に動く。股間を擦りつけられ、思わずぬれた目が下肢を追った。大きく開かれた足の間に自分の性器が映り、ぎょっとして目を閉じる。

「ウッソ、ハメやしねーってマジで」

大きくふるえた兄を見下ろし、彌勒がそっと指先を回した。くぷり、と聞くに堪《た》えない音を上げ、固い指が尻穴を割ってくる。

「ひ…ぁ…っ…」

尻に力を入れて拒もうにも、たっぷり塗られた軟膏がそれを妨《さまた》げる。爪《つめ》の硬ささえ感じさせないまま、太い指が入り込んだ。

「ケツ穴キッすぎ。ゆるめるコツとかまだ摑めねーわけ不器用にもほどがあんだろ」

罵る声までもが、甘ったるい。腹が立つのに触れられた場所が痺れて、どろりと体が重さを増した。

「あ…ぁ…」

「まー処女みてーで可愛いけどォ？」

笑い続ける弟の声が、膝の側面を囓る。

「つか処女みてーなもんか」

狭い内部で、器用な指が薬を塗り広げた。不規則に足を吸う口と指、そのどちらに集中していいのかも分からない。

「…ぅ…、あ…」

繰り返し引きつる白い腹へ、弟の前髪が落ちる。息を呑んだ吉祥に眼を細め、彌勒が大きく口を開いた。

「ッ…ああ……」

じゅるりと、音を立てて含まれる。

両手を口に押し当てたが、性器を覆ったあたたかさに悲鳴がもれた。痛々しく硬直する体を抱え、きつく性器へ舌を絡められる。弟の口だ。よく知った薄い唇が、ずっぽりと深く自分の性器を含んでくる。

「痛…、や……、吸う…な…っ…」

引きつる内腿に頬を擦りつけ、小刻みに頭を揺すられた。

括《くび》れた部分で抉るように舌を動かされ、指を突き入れられた穴が苦しげに締まる。指の太さをありありと感じ、吉祥は痩せた体をのたうたせた。

「ひ…っ…」

休むことなく指で掻かれ、折りたたまれた体ごとびくびくと腰が跳ねる。やりすごすことなんて、到底できない。性器の割れ目を舌先でいじられるまま、吉祥は歯を食いしめて射精した。

「…う…」

悶《もだ》えても、彌勒は決して口を離してくれない。ずず、と生々しい音を立て、最後の一滴まで啜《すす》り上げられる。大きく響いた弟の喉音に、吉祥はふるえる腕で顔を覆った。

「イクならイクぅとか言えつったろ。かーいい声でよ」

ごくりと喉を鳴らした弟が、下卑《げび》た口真似《まね》と共に充血した性器を引き出す。ぬれた口を舐め回す舌の赤さに、吉祥は荒い呼吸のまま彌勒を睨んだ。

「…ば……、ぁ…吐…け…、こ…の…」

枯れ葉色の髪を、力任せに摑む。

指で触るのだって嫌なのに、あんなもの飲むだなんてあり得ない。そもそも下肢に口を擦りつけるのも、性器を舐めるのだって正気の沙汰ではないのだ。

「そっちのがマニアぽくね。逆だろフツー。彌勒ぅ飲んでェとかお願いしてみ？」

応えた様子一つなく、彌勒が親指で拭った残滓《ざんし》までべろりと舐め取る。つい今し方まで自分に絡んでいた舌の動きにたじろいで、吉祥は力の入らない足で弟の腿を蹴ろうとした。

「ふ、普…通、な…わけ……」

「だァかァらァ、お兄ちゃんが知らねーだけだつってんだろ」

いやらしく笑った言葉の終わりに、声にならない悲鳴が重なる。まだ尻に入り込んだままの指が、深い場所でくにくにと動いた。引きつり、腹を庇おうと縮こまった吉祥の脇腹へ、彌勒が顔をうずめる。

「まー構わねーけど？　どーせテメェ物覚え悪ィし頑固《がんこ》だしぃ？　どの穴でファックすんのかだけ知ってりゃ十分」

浅い場所まで退いた指が、円を描く動きでじっくりと内側を確かめた。ようやく抜け出てくれるのかとほっとすると同時に、不条理な痺れに爪先が丸く強張る。

「や……」

「ナンニモ知リマセンってツラに勃起《ぼっき》できんの、お兄ちゃん相手だけよマジで」

赤く潤《うる》んだ眦《まなじり》へ、ちゅっと音を立てて唇を落とされた。

確かに彌勒と比べるまでもなく、自分の性的な知識は乏しい。分かっていて、なにも知らない兄をいいように扱っているのは彌勒ではないか。悔《くや》しさに鼻腔《びこう》の奥が痛んだが、乾ききった喉からは声も出ない。

「…ぃ…、あ、ぁ…」

にゅるりと尻穴から抜け出た指が、もう一度軟膏を掬う。冷たいはずのそれを押し当てられ、今度こそ眦から涙が落ちた。

「何度だろーが教えてやるし。たっぷりな」

覗き込まれた双眸が、頼りなく揺れる。睨みつけることもできず、吉祥は清潔なシーツの上で瞼を閉じた。


面白くない。

古びたバスの扉が、がたがたと音を立てて開く。駅前のロータリーで、歩道に飾られた花が揺れていた。

「ありがとうございました」

礼儀《れいぎ》正しく頭を下げた吉祥を、運転手がしげしげと眺める。足早に降り立った駅前は、午後三時をすぎたばかりだが人も車通りも多かった。

しかしバスから降りたのは、吉祥一人きりだ。

学校から最寄《もよ》りの繁華街《はんかがい》へ移動するための、唯一《ゆいいつ》の交通手段がこのバスだった。だが校外へ出るには、特別な許可が必要となる。休日であろうと、寮住まいの学生が気楽に街に出ることは不可能なのだ。

学校の周囲には民家も少ないため、ほとんど利用者のないバスが、細々《ほそぼそ》と山道を行き来することになる。今日に限っては、その利用者の少なさが好都合だった。

大型のドラッグストアで一度足が止まりかけたが、思い直して道を急ぐ。目指す店は意外にも、簡単に見つかった。

「……ここか」

駅前に並ぶ飲食店を抜け、一つ角を曲がる。途端に道幅が狭《せば》まり、ごみごみとしたちいさな店が目立ち始めた。見上げた雑居《ざっきょ》ビルの二階に、真新しい看板がある。本。ＤＶＤ。

氷室が口にしていた、あの店だ。

ちいさく、喉が鳴る。何度も周囲を見回し、吉祥は階段を覗き込んだ。

「…っ…」

二階へと続く壁を、肌も露《あらわ》な女性のポスターが埋めている。正直怯みそうになったが、どうにか踏み止まった。

どうしてこんなものを貼るのか、理解ができない。もう少し、そっとしておくべきではないのか。悪態が込み上げるが、吐き出す術《すべ》はない。笑いかけてくるそれらと目を併《あわ》せることなく、吉祥はふるえる手を握ると階段へ踏み出した。

息を詰めて、一息に上りきる。辿り着いた階段の先には、硝子張りの扉があった。硝子越しに見える店内は、思っていたよりも明るい。スポーツ用品店みたいだ。

外出許可を得るため、吉祥は当初部の備品購入を口実にすることも考えた。しかし結局、参考書購入のためとして、土曜の外出許可を得たのだ。

「参考書か…」

それは強《あなが》ち、嘘ではない。

口のなかで呟《つぶや》き、じっと扉を睨《ね》めつける。

硝子の扉に、落ちつきのない自分の影が映り込んでいた。暗い赤色のシャツに、黒いパーカー。同じく黒いパンツには、用途の分からないポケットが幾つも縫《ぬ》いつけてある。

見慣れない、姿だ。

吉祥が好んで買う服でも、また持ち物でもない。そっと上着のフードを引き上げると、血糊《ちのり》じみた白いプリントが、吉祥の容貌を薄暗く覆った。持ち主である彌勒と違い、我ながら全くと言っていいほど似合っていない。だからこそ自分だと、気づく者も少ないだろう。

人目を忍ぶため無断で借り出してきたのだが、そのことを彌勒が怒る可能性は低かった。毎日気がつけば視界の端でだらだらしている弟が、今朝は吉祥が目覚める前に、寮の部屋から消えていたのだ。普段ならその行方《ゆくえ》に頭を悩ませるところだが、今日に限っては神の啓示だとまで思った。

「よし…」

鼓舞《こぶ》するように呟いて、腕を伸ばす。しかし気合いとは裏腹に、腕には少しも力が入らない。

ビデオを手に入れることは、自分たち以外の性交を知る上で、確かに有益《ゆうえき》に思える。いわゆる一般的な水準や、正しい性交の手順というものの参考にはなるはずだ。

だが本ではよく分からなかった知識を、猥褻な映像から得ようなんて、やはり極論《きょくろん》ではないのか。

そうだ。

もう一度ゆっくり考え、来週改めて来るのはどうだろう。店の場所は確認したのだ。

うん。それがいい。

思い至った途端心が軽くなり、扉から指が解ける。今来た階段を下りようとし、吉祥は一階から上がってくる人影に息を詰めた。

「ッ…」

慌てて周囲を見回すが、狭い階段は身を隠すどころか人が擦れ違える余裕もない。動転し、逃げ出したい一心で扉に飛びつく。

「…あ……」

いらっしゃいませー、と妙にやる気な声が吉祥を出迎えた。口から飛び出しそうな心臓を呑み込んで、右手側の棚陰に滑り込む。

入って、しまった。こんなはずではないと思っても、今更くるりと向きを変えて扉から出てゆくわけにもいかない。

書籍やＤＶＤ、雑貨類が並ぶ店内は、書店と雑貨店の中間といったところか。恐る恐る覗き込んだ店の奥では、小麦色のビニール人形が怠そうにウインクしている。面白い顔をした等身大の人形だが、海やプールに浮かべるには粗雑《そざつ》な作りだ。

店員の他には、人影はない。

落ちつこう。取り敢《あ》えず。深呼吸した吉祥の目に、ＤＶＤのパッケージが飛び込んだ。

どぎつい文字と女性の肢体《したい》に、肺が強張る。

「…っ……」

全裸の女性が、白い肌に紐を食い込ませ仰《の》け反っていた。驚いて背けた視線の先では、乳房を剝き出しにした少女が路上に座り込んでいる。

「な…」

見渡すまでもなく、棚のそこかしこで、とんでもない姿の女性たちがパッケージを飾っていた。

やっぱり駄目だ。

扉へと踵《きびす》を返そうとして、吉祥ははっと爪先に力を込めた。

胸の片隅《かたすみ》で、声がする。ほら、お兄ちゃんにはやっぱ無理じゃね。そう言ってにやつく彌勒の顔が目に浮かぶ。ここで逃げたら、完全に負けだ。そうだ、負けなのだ。

血の気の失せた唇を引き結び、フードを目深《まぶか》に引っ張る。強張る肺に精一杯の酸素を送り、吉祥は眦を決して陳列《ちんれつ》棚の間を歩き出した。

画一的な笑みを浮かべる女たちの間に、アイドル、熟女《じゅくじょ》といった桃色の文字が掲げられている。どうやら区分があるらしい。いかがわしくも滑稽《こっけい》な文字を目で追うと、どうにか目的のものらしき棚の前に出た。

マニアック、ゲイ。

そうか、マニアックなのか。改めて突きつけられると、膝から力が失せそうだ。重苦しいものを覚えながら、吉祥はそれでも周囲に目を走らせた。

破廉恥《はれんち》なＤＶＤ売り場の、しかもゲイ専門の棚だ。商品数は他の区分よりはるかに少ない。しかし黒や赤のパッケージに、刺激的な文字と正視に耐えない写真が並んでいるのは似たようなものだ。違いはそこで裸になっているのが、頑丈そうな男性という点くらいだろう。

男根祭《だんこんさい》、と毛筆体《もうひつたい》の題字が視界に入り、吉祥は目を細くした。直視することはおろか、触ったらそれだけで指先からなにかが染みそうだ。

どうしよう。いや、どうしようもない。

ぐっと目を瞑《つむ》り、心を決めて手を伸ばす。指に触れた幾つかを摑むと、その後は早かった。

一秒たりとも、こんな所に留まっていられるか。

レジには髭面《ひげづら》の店員と、関係者らしい髪の長い男がいた。

やはりサングラスも借りてくるべきだった。髭面の店員に商品を突き出すと、頬骨のあたりがかっと熱くなるのが分かった。

「オープニングセール中なんで、二点以上のお買い上げは五パーセントの割り引きね」

野菜でも売る調子で商品を包み、店員がフードの隙間からじっと吉祥を覗き込んでくる。滑稽なほどふるえる指で札を引き出し、吉祥は商品を受け取った。

これで終わりだ。

鞄にＤＶＤを放り込み、扉へ向かおうとした吉祥の腕を、やんわりとした力が摑む。

「ねーちょっと君」

悲鳴がもれるかと思った。

髪の長い男に腕を摑まれ、吉祥が蒼白な顔で振り返る。

ＤＶＤの内容も内容なら、吉祥の年齢も年齢だ。こんな場所で引き止められ、嬉しいことなど一つもない。

「あのさ、どっかお店に入ってんの？」

「…は？」

「フリー？　店って言ってもここいらだと限られてるし…」

茶色い髪を揺らし、男が首を傾けて吉祥を眺め回す。顧客《こきゃく》会員の勧誘なら、そんなものは全く必要ない。

「店の利用は、今後予定がありませんから。失礼します」

「フリーなんだ。だったらアルバイトとか興味ない？　ＡＶの」

「……は？」

話の意図が摑めず、吉祥の眉間が深い皺を刻む。

「絶対いいお金になると思うよ。君、すっごい美形だし。絶対売れるって」

絶対、と連呼《れんこ》する男の隣で、髭面の店員も笑いながら頷いた。

「アルバイトは……」

禁止です、と莫迦正直に口にしかけ、吉祥が言葉を呑み込む。

「俺、レーベルの関係者さんにも知り合い多いんだけど、君みたいな子どこだって大歓迎よ。カメラの前でぽんぽん脱いでくれる女子校生は多いけど、男子って難しいから」

なんたって君みたいな美形、絶対いないし。

そう力を込めた男が、吉祥の鞄をちらりと見る。

男の視線の意味に、吉祥は呻くような声を出した。

「まさか、それって……」

自分はここに並ぶＤＶＤへの出演に、誘われているのか。まさか、と笑い飛ばそうにも、考えた途端ぞっと腕の内側に鳥肌《とりはだ》が立った。

「勿論いきなりすごいのとかは撮らないし。あ、男根祭、見た？　あれの監督さんとか結構…」

見るもなにも。しかし今自分が、そうしたＤＶＤを抱えている現実はどうすればいい。

立ちつくす吉祥に、長い髪の男が親切そうに腕を伸ばす。

「店で頑張《がんば》るより絶対いいって。…それにちょっと興味あるでしょ、ＡＶ男優のテクとか」

「放せ……！」

引き寄せられ、今度こそ総毛立つ悪寒が込み上げた。裏返った声で叫び、男の胸倉を突き飛ばす。

「ちょ、君……」

腕を掴もうとする店員へ、吉祥は鞄を振り上げた。

全てはこの、ＤＶＤのせいだ。

「……っ…」

鞄ごと叩きつけようとした吉祥の腕が、引きつる。

「……君？」

突然動きを止めた吉祥を、店員が恐る恐る首を伸ばして窺《うかが》った。

「うるさいッ！」

再び上げた声は、やはり裏返っている。投げつけることのできなかった鞄を、吉祥は奥歯を噛んで抱え直した。

本当に、泣きそうだ。

行き場を失った腕ごと、吉祥は振り返りもせず店を出た。


「…なんの真似だ、氷室」

向かいに立つ友人の指が、吉祥の眉間に触れていた。

誰よりもアイスホッケーを愛するくせに、氷室は寒い場所が得意ではない。眉間に当てられた指は芯《しん》まで冷えて、氷のように冷たかった。

「あんま皺寄せてっと、癖《くせ》になるぞ。キレーな顔によ」

こんな時期でも手袋を愛用することのある氷室が、吉祥の眉間の皺を撫でる。

「う、生まれつきだ」

「どんな赤ん坊だよ」

寒そうに身ぶるいした氷室と肩を並べ、吉祥はアイスリンクを後にした。気持ちのよい、日曜の午後だ。寮へ戻る部員たちの足取りも、心なしか軽く見える。

「で、昨日は無事に買えたか？」

氷室の問いに、吉祥はぎくりとして目を見開いた。

「か、買うわけないだろう…ッ！」

ＤＶＤなんか、と、続けそうになった言葉を寸前で呑み込む。

氷室は昨日、吉祥がなにを買うために外出したかまでは、知らないはずだ。

苦い記憶が、喉の奥で蟠《わだかま》る。

昨日あのいかがわしい店を飛び出した後、吉祥は全力でバス停へ戻った。本当はそのまま、寮まで走って帰りたかったくらいだ。

自分は一体、なにをしているのか。

考えるだけで、叫び出したくなる。持ち帰ったＤＶＤを、吉祥は開封するどころか触ることもできず寝台へ投げ出した。無論そのまま放置して、彌勒の眼に触れさせることだけはできない。悩んだ末、危険物に触る覚悟でつまみ上げ、引出《ひきだし》へ押し込んだ。

しかし吉祥の心配に反し、昨夜彌勒は寮へ戻ってはこなかった。

ほっとしているのか、腹が立つのか、よく分からない。ＤＶＤの存在を気取《けど》られずにすんだのは嬉しいが、自分がこれほど懊悩《おうのう》している間、弟が遊び呆《ほう》けているのかと思うと腸《はらわた》が煮えくり返った。言うまでもなく理不尽な怒りだが、思い出すたび眉間に深い皺が寄ってしまう。

「テメェの弟も下界にいやがるみてぇだったし、昨日のうちに靴くらい買ってくるのかと思ったぜ」

靴、という言葉に、吉祥の肩が揺れる。

彌勒が使うスケート靴を買うため、近いうちに出かけなければならないと、それは吉祥も考えていたことだ。

「紅白戦前には、と思ってたんだけどな…。来週、許可が取れそうなら相談してみる」

「時間も許可もねえのに、下界に降りる阿呆《あほ》もいるけどな。テメェの弟以外にも」

舌打ちをした氷室に、吉祥が目元を曇らせる。

「うちの寮の人間か？」

寮の学年代表である吉祥は、違反者を取り締まる立場にあった。尤も現行犯ならともかく、犯人捜しは性《しょう》に合わない。

「知りたいか？」

吉祥の心の内を見透かすように、にやっと氷室が笑う。この笑みを恐れる者が多いというのも、頷けた。

「……必要なら、自分で探す」

「だと思ったぜ。…どうする吉祥。お前、このまま自主練《じしゅれん》か？」

話題を転じた友人に、吉祥が首を横に振る。夕食までの自由時間を、吉祥は大抵自主練習や課題を片づけてすごした。しかし今日は違う。

「視聴覚室に少し用があるんだ。終わったら、走るつもりだけど」

「視聴覚室？　珍《めずら》しいな」

文化部の部室として使われる特別棟は、運動部員の吉祥たちにとって、授業以外では馴染《なじ》みのない場所だ。しかし日曜日の今日は、文化部は活動をしていない。校舎も施錠《せじょう》され、生徒は勿論職員もほとんどいないはずだった。

「金属の資料を、シュレッダーにかけなきゃならないんだ。印刷室のはメンテ中だから、視聴覚室のを使えって」

制服を探り、吉祥が鍵を取り出して見せる。

「あるぜ、シュレッダーなら俺の部屋にも」

「…本当になんでもあるんだな。でも内容を確認しながらやりたいから、今日は学校のにしておく。ありがとう」

吉祥の言葉に、氷室は特別疑いを持たなかったらしい。頷き、スポーツバッグを後ろ手に担った。

「あんまうろうろしてんなよ。欲求不満のアホが潜《ひそ》んでねえとも限らねえ」

「なんだそれ」

「無防備な息子を持つと心配だぜ。おかんとしては」

肩を竦める氷室を笑い、別れる。

職員用の通用口を抜け、吉祥は特別棟へ続く廊下を渡った。人の気配のない校舎は静まり返り、まるで死んだ動物の胎内《たいない》にでもいる気分だ。

堅牢《けんろう》な石造りの階段を上り、特別棟の一角に立つ。

どんなＤＶＤを視聴し、また粉砕《ふんさい》するか知っていたら、教師も鍵など貸さなかっただろう。学年代表としての権限乱用にもほどがある。

何度目かの溜め息を吐き、吉祥は古びた鍵を鍵穴へ差し込んだ。

白い漆喰《しっくい》が塗られた室内は、ひどく明るい。罪を覆い隠すには明るすぎるが、暗がりを恐れる吉祥にとっては心地の好《よ》いものだ。

木製の教卓《きょうたく》の隣には、テレビモニターと再生機材が置かれている。正面のスクリーンを下ろせば、映像を教室全体で視聴することができた。無論そんなものを使う気はない。

教卓の隣に鞄を下ろし、黒い包みを取り出す。

昨日あの店で買い求めた、ＤＶＤだ。

直視しがたく、思わず目が細くなる。今、所持品検査をされたら言い逃れはできない。何故こんなものを手に入れてしまったのか、改めて考えると鼻腔《びくう》の奥が痛くなりそうだ。

とにかく早く、終わらせてしまおう。

パッケージを直視する勇気も持たないくせに、吉祥はＤＶＤを視聴する決意を固めていた。そもそも勇気どころか、最初から策などなにもなかったのだ。本音を言ってしまえば、今すぐこんなもの捨ててしまいたかった。だがそれでは彌勒にも、ＤＶＤ屋の店員にも負けた気がする。

あんな思いまでして手に入れたのだから、正しい性交の手順を最後まで確認するべきだ。

寮のパソコンやテレビは、共用のためこんなことには使えない。視聴覚室は無人の上、視聴後ＤＶＤが不要になれば、シュレッダーで粉砕することもできた。パッケージは、裏の焼却炉《しょうきゃくろ》で燃やせばいい。思い描くその入念《にゅうねん》さに、自己嫌悪が増す。

「全く、こんなこそこそと…」

モニターを点《つ》けようとして、吉祥は電源が落ちていることに気がついた。幸先《さいさき》の悪さを呪いながら、隣にある準備室の扉を開く。主電源を入れた吉祥の耳に、なにかが届いた。

足音、だろうか。

「…っ」

青褪《あおざ》め、吉祥は弾かれたように廊下を覗き込んだ。扉に穿たれた覗き窓に額を押しつけ、息を殺す。どくどくと、耳の真横で鼓動《こどう》が聞こえた。しかし目を凝らしても、廊下に人影はない。先程と同じ沈黙だけが広がり、吉祥は大きく息を吐いた。

「……くそ…っ…」

心臓を蹴り上げる鼓動が、同じ強さで疑心暗鬼な自分を責める。情《なさ》けなさに唇を嚙み、吉祥は視聴覚室へ戻ろうとした。

戸口に立ったその足が、不意に凍りつく。

「な……」

開いた扉の向こうから、人工の夜が流れ込んだ。光にあふれていたはずの視聴覚室に、暗幕《あんまく》が垂《た》れている。ぐっと息を詰めたのは、吉祥だけではない。いつの間にこれほどの数の生徒が入り込んだのか。

二十人近い生徒たちが、たった今まで無人だった視聴覚室に犇《ひし》めいていた。

「げ、マジ？」

暗幕を引いていた生徒の一人が、吉祥を振り返って声を上げる。

「安藤《あんどう》、でかい声出すなって」

「一年の学年代表じゃん！」

がたがたとスクリーンを引き下ろしていた生徒が、吉祥を見つけ顔を赤くした。歯並びの悪い容貌に、見覚えがある。先日校門で所持品検査をしていた、上級生の一人だ。

「一体……」

ここは本当に、視聴覚室なのか。状況が呑み込めず、吉祥は瞬く間に人で埋まった室内を見回した。その目が否応《いやおう》なく、教卓へ流れる。飴《あめ》色の教卓には、先程吉祥が投げ出した包みがまだ載せられていた。

まずい。

どっと冷たい汗が流れ、吉祥は言葉を失った。

「やっべーなんでこいついんの」

機材の電源を入れた上級生たちが、顔を見合わせる。その間にも視聴覚室の扉が開き、数人の生徒が入ってきた。

「…うっそ仁科君！」

聞き覚えのある声に、ぎくりとする。乱暴に背中を突かれた杉浦が、よろめきながら扉をくぐった。その二の腕を、大柄な上級生が摑んでいる。

「杉浦…。これは……」

呻いた吉祥の脇から、腕が伸びた。力任せに両肩を押さえつけられ、声がもれる。

「っ…」

「誰こいつ招待したの」

軽薄な声が、頭の斜め上から聞こえた。見知った顔が、笑っている。

校門で吉祥の鞄を開くよう促《うなが》した、あの上級生だ。

「もしかして勝手に入って来ちまったならさぁ、特別ゲストってことでどうよ。案外好都合じゃね？」

「まーな。小柳《こやなぎ》君に賛成？」

尋ねられ、集まった上級生たちが口々に賛同の声を上げる。

なにが始まろうとしているのか。

湧き上がる悪寒に身を捻るが、腕を捕らえる力はゆるまなかった。

「なにすんだ放せよ！　仁科君は関係ねーだろがッ！」

怒鳴った杉浦を、上級生が手荒く叩く。

「でかい声出すんじゃねーよ。一年の連帯責任ってやつだ」

「校門でせっかく庇ってやったのに惜しかったよなァ、やっぱ持ってたぜ杉浦。エロＤＶＤ」

違ったっけ、同室のヤツのか。どっちでもいいや、と笑いながら、小柳と呼ばれた男が包みを放った。受け取った上級生の容貌を、影が覆う。暗幕の最後の一枚が、閉じられたのだ。

「あっ…」

闇に、呑まれる。

目眩《めまい》が眼球を刺し、膝が萎《な》えた。

両足を踏み締めようにも、影に濁る床は泥濘《ぬかるみ》だ。ぐっと沈みそうな視界に、吉祥は溺《おぼ》れまいと上級生の腕に爪を立てた。

「もういいだろ！　ＤＶＤは手に入ったんだ。仁科君まで巻き込むんじゃねーよ！」

大きく暴れた杉浦が拘束《こうそく》を振り払い、吉祥へと走り寄る。友人に視線を振り向けようにも、冷たい汗が滲んでまともに立っていられない。

暗がりそのものが物理的な圧迫を伴《ともな》って、自分を押し潰してくる。

「うるせーぞ。万一バレた時に、責任取ってくれるヤツがいねーとメンドーだろ？」

「はあ？　あんたなに言って…」

叫んだ杉浦の横顔が、唐突《とうとつ》に暗がりへ浮かび上がった。正面のスクリーンに、映像が映し出されたのだ。

長机《ながづくえ》に腰を下ろしていた生徒たちから、声を殺した歓声が上がる。

「騒ぐと損だぜ？　この上映会の首謀者は、お前と学年代表君だからな。教員に捕まったらアホみてーだろ？」

なんの、上映会だ。

声を上げようにも、喉は萎縮《いしゅく》して音にならない。

「で、結局どれ見んの。熟女はパスな」

機材を調節していた生徒を、上級生の一人が笑いながら小突く。

「暗かったからよく分かんね。なんか色々あったからテキトーに入れた」

「AV嬢がクソだったら、学年代表君にフォローしてもらうとかどーよ」

「いいねー、確かに美人だし。でもまずはオンナでしょ」

下卑た笑いが、耳鳴りの向こうから聞こえた。

まさか。

上級生たちは、没収したDVDを上映しようとしているのか。人目が及ばない、この場所で。

どんな皮肉だ。喚《わめ》こうにもまるで水底に呑まれるように、暗がりでは音の遠近さえ歪む。スクリーンで人影が動き始めると、吉祥を摑んでいた男たちの力がゆるんだ。

「大丈夫か仁科君、顔色すげー悪ぃ」

ふらついた吉祥を、上級生から奪うように杉浦が支える。分かっていても、視界はもう友人を捕らえてはいなかった。張り詰めた睫の先端に、映写機からあふれた光が落ちる。

瞬き一つできず、吉祥は唯一の光源とも言えるスクリーンを凝視した。

同じようにスクリーンを見詰める生徒たちから、どよめきがもれる。それは杉浦も同様だ。

画面で、生白い肌が揺れる。

「嘘だろ…」

くぐもった呻きが、もれた。

男の、体だ。

画面のなかで仰向けに転がされた男が、股間を見せつけるように両膝を開いている。真っ赤な縄《なわ》が肌に食い込む以外、男はなにも身に着けていなかった。

「…ちょ…これ……」

吉祥を支える杉浦が、上擦った声を出す。

画面では頑丈な体軀の男が、転がる相手に強烈な平手打ちを見舞っていた。音量を落としていても、悲鳴が上がるのが分かる。

視聴覚室は、水を打ったような静けさだ。

画面のなかで、汚い言葉を吐いた男がなにかを取り出す。女の手首ほどもありそうな、太い注射器だ。

「う…」

再び上がったどよめきは、悲鳴に近い。

「ありえねーだろこいつ！」

一人の声に、視聴覚室全体から叫びが上がった。

「モザイク薄すぎ！」

「てかチンコでかっ。やべって！」

悪い冗談《じょうだん》だと、誰もがそう思ったに違いない。無様《ぶざま》に縛られ、性器を剝き出しにする男を笑い飛ばそうと、次々と上擦った罵りが上がる。

吉祥と杉浦だけが、愕然《がくぜん》と立ちつくしていた。

直感で悟る。間違いない。

これは吉祥が購入した、あのＤＶＤだ。机の上に置いていたものが、この暗がりで上級生たちが持ち込んだものに紛《まぎ》れたのだろう。それ以外、考えられない。

「なにコレ、マジかよ」

「オンナいねーのかよ、オンナ！」

「いんじゃねーの、ガッバガバのケツマンが」

スクリーンを指した声に、引きつった笑い声が弾ける。

「いらねーよンな汚ねー尻！」

「じゃー学年代表君はど？　このケツよかよっぽどヨさそーじゃね」

声と共に腕を引かれ、足元の床が撓《たわ》んだ。飛びかかろうとした杉浦を、上級生が二人がかりで取り押さえる。

「仁科君に触ってんじゃねーよクズ野郎！」

「黙れって一年。って、すげーのなにあれ、ペットボトルとか入んじゃねーの」

笑いながら指された画面では、四つん這いの男がまだ吠《ほ》えていた。

突き出された尻に、透明な筒《つつ》状のものが入り込んでいる。管《くだ》を前後に大きく揺すられるたび、びちゃびちゃと酷《ひど》い音が上がった。

吐き気がする。

冷たい汗が噴き出して、真っ直ぐ立っていられない。

「なーお前らもンなガバガバ男優の穴よか、美人な学年代表君のケツ拝《おが》みてーよなァ？」

女優だろ、と野次《やじ》った声に笑いが弾ける。

こんなものを見て、何故笑っていられるのか。こんな。

瞬きも忘れた眦を撫でられ、ぞっと全身の毛が逆立った。

「学年代表君もさー、ペットボトルとか突っ込まれてみてえ？」

粘ついた囁きに、絶叫《ぜっきょう》が込み上げる。しかしひりつく喉が叫びを放つより早く、視界の端でなにかが瞬いた。

光だ。

世界を切り裂く明滅《めいめつ》に、眼球の奥が痺れる。

「ぎゃ…っ」

悲鳴と共に、固い物音が弾けた。断ち切れたように、全身から力が失せる。

膝から落ちた視界を、光と闇の断片《だんぺん》とが掠めた。

黒い影だ。

ぽっかりと不吉な影が、光に焼かれる世界に口を開けている。それは眩《まばゆ》さと融《と》け合うことなく、くっきりとした境界を描いた。

「彌勒……」

操《あやつ》られるように、その名が口を突いて出る。蹴り開かれた戸口に、背の高い男が立っていた。

左手をポケットに突っ込んだ弟が、怠そうに首を傾ける。

「な…、テメ…」

立ち上がった上級生を、彌勒が一瞥《いちべつ》した。次の瞬間には、胸倉を摑まれた上級生が頭から長机に突っ込む。

「ひっ！」

止めに入れる者など、誰もいない。

机を薙ぎ倒すけたたましい音に、室内が静まり返る。画面のなかの男だけが、場違いな声で喚いていた。

「女優、ねえ」

だらりとした声が、室内に落ちる。

避《よ》ける気などないのか、足元で呻く上級生を彌勒が面倒そうに蹴り退けた。跳ね上がった手首が床にぶつかり、がつん、と嫌な音を立てる。

「いつまで触ってっ気ィ？」

語尾を伸ばした彌勒が、床に落ちる兄を見た。膿《う》んだような眼の色に、吉祥を摑んでいた上級生が、ひ、と声を上げ飛び退く。

「つか教えてくんね？」

椅子を蹴り払い、彌勒が首裏を右手で掻いた。

「この下んねーパーティ、仕切ってんのどいつよ」

顎で示された画像に、ぞっと血の気が下がる。大きなスクリーンのなかで、男が泣きながら尻を揺すっていた。

見られた、のだ。

一番知られたくない相手の眼に、全てが露見した。

「関係あんのか、一年に！」

床を蹴り突進した上級生が、真横に吹っ飛ぶ。振り返りざま跳ね上がった彌勒の足が、男の顳顬《こめかみ》を直撃したのだ。

「げ…っ…」

教卓へぶち当たった巨体に、教室のあちこちで悲鳴が弾ける。

「彌……」

「吉祥連れ込んだ挙げ句、ンなクソ見せといて関係ねーとかありえねーし。童貞野郎共が」

辟易と吐き捨てた彌勒が、棒立ちになる杉浦を見た。

「テメェか偉須呂。ＡＶ持ち込みやがったアホは」

「その通りだよ！　クソ野郎！」

怒声を上げ、頭上を影が横切る。

瞬いた視界に、椅子を振り上げた小柳が映った。力任せに振るわれた椅子にも、彌勒の表情は変わらない。

「ぎゃ…っ…」

半歩で距離を詰めた彌勒が、躊躇なく小柳の腹へ踵をめり込ませる。崩れ落ちるのを許さず、前のめりになった男の顎をさらに掌底《しょうてい》が打ち抜いた。

背中から倒れた小柳と椅子とが、恐ろしい音を床へ撒《ま》き散らす。

「まーどいつでも構わねーか。端からミンチにしてきゃいーわけだ？」

汚れたとでも言いたげに、彌勒がぶらぶらと手を払った。教室を見回した視線に、上級生たちがひいっ、と悲鳴を上げる。

脅《おど》しなどでないことくらい、誰にだって分かった。

「……俺の、だ」

潰れたような声が、細く響く。

唇を越えた声に、喉がひりついた。

「…あ？」

部屋中の視線が、一斉に吉祥を振り返る。

眼を上げた彌勒もまた、訝しそうに眉を寄せた。空気が薄くなったような錯覚に、喘ぐように口を開く。

「そのＤＶＤは…、俺の、だ」

内臓が、喉元に迫《せ》り上がってきそうだ。しかし、黙っていることはできなかった。

「なに言ってんの、お兄ちゃん」

はっ、と吐き捨てた彌勒が、唇の端を歪める。笑っているのではない。

すぎた怒りを映す弟の眼に、奥歯が固い音を立てた。

「本当だ…」

「…ダレ庇ってるわけ？　偉須呂？」

ざわり、と、声にならないどよめきが室内を走る。

彌勒は頭から、ＤＶＤが吉祥の持ち物ではないと考えているのだろう。しかしこの部屋どころか、全校生徒を問い質《ただ》したところで、吉祥以外には誰も、このＤＶＤの所有者はいないのだ。

「誰も庇ってなんかない。俺が、買ったんだ…！」

血どころか体中の全てが、逆流しそうだ。

蠟《ろう》のように白い兄の容貌を、彌勒がまじまじと見下ろす。

「テメェがホモＡＶだァ？　寝言《ねごと》言ってんじゃねーぞ」

吐き捨てた彌勒の影が、吉祥を斜めに覆った。すぐに伸びた手に二の腕を摑まれ、その強さに、ぶる、と鳥肌が立つ。

「言え。誰がテメェ連れて来た」

瞬きもできない瞼のすぐ上で、彌勒が唸った。よく知った声の響きが、皮膚を撫でる。たったそれだけのことだ。しかし止めようもなく苦いものが込み上げ、ぐっと吉祥は嘔吐《えず》いた。

「……っ…」

がくがくと、体がふるえる。

摑まれた腕から、耐えがたい悪寒が全身を巡った。

恐怖だ。

彌勒の肩越しに見える画面では、まだ裸の男が尻を揺すっていた。捲《めく》れ上がった結合部の色から、目を逸らせない。

「…ぁ……」

「吉祥…?」

肋骨《ろっこつ》の隙間をこじ開け、なにか酷く冷たいものが染みてくる。

引きつる吉祥の目尻《めじり》を、乾いた弟の指が辿った。銀色の指輪が頰骨に触れ、その冷たさに胃が縮こまる。

「触るな…ッ！」

これが自分の声なのか。

迸《ほとばし》った金切《かなき》り声に、ぎょっとした。呑み込まれる。足元から。明るい世界の理を食い破って、汚泥《おでい》が臓腑《ぞうふ》を鷲摑んだ。

「……き……、ない…」

唐突に、感情の失せた声が出た。

悲鳴とは違う。どこか幼く響いた言葉に、彌勒が初めて双眸を歪めた。

「あ？」

途切れた言葉の続きを、眉を寄せた彌勒が探る。摑まれた腕が、射られる目が、声に舐められる肌が、焼けるみたいに熱かった。だがそれは、肉体的な興奮とは正反対にある衝撃だ。

四つん這いで喚く男の映像が、眼球の底で明滅する。汗で滑る肌と、肉の音。大きく足を開いて、汚れた場所を暴かれる。

あれは自分だ。

「でき、ない…」

あんなこと。

身を振りほどこうと暴れた肘《ひじ》が、彌勒の脇に当たる。低く呻いた弟を突き飛ばし、吉祥は立ち上がった。

「…っ、テメ、この…」

体を折った彌勒が、腕を伸ばす。手首を掠めた指から、吉祥は身を引き剝がした。

追い立てられるように、床を蹴る。立ちつくす杉浦の脇をすり抜け、吉祥は全力で駆けた。

西へ押し流される茜色《あかね》の空が、今日の終わりを告げている。

夜は、もうすぐそこだ。

「…っ……」

上下する胸の内側で、鼓動が暴れ回る。生《お》い茂《しげ》る緑のなかばに蹲《うずくま》り、吉祥は短く浅い呼吸に耐えた。

苦しい。逃げ出したい。でも鉛《なまり》を抱いたように、動けない。視聴覚室を飛び出し、廊下を駆けた。

どこをどう走ったのかなんか、分からない。

闇雲に逃げ、校舎を抜けた水場で足が縺《もつ》れた。真鍮製《しんちゅうせい》の蛇口《じゃぐち》を摑んだ途端、堪《こら》えることができず吐き戻す。胃液が喉を焼き、吉祥は体を折り曲げ全てを吐いた。

胃の中身ごと、体中が空《から》っぽになればいい。

尤も満足に吐けるものなどなく、慣れない苦しさに涙が滲んだ。顔も口も、繰り返し水で濯《すす》いだが、消し去れるものはなにもない。

ふらつき、やわらかな芝《しば》に崩れ落ちた。

目の前に広がるのは、温室の南にある庭園だろうか。盛《さか》りをすぎた白い薔薇《ばら》が、吉祥の頭上で重たげに咲きこぼれていた。

「…ぁ…」

立ち上がらなければ。

せめて、日が暮れてしまう前に。

繰り返すが、瞬くたびに増す夜の色が、吉祥から力を奪う。

悪循環《あくじゅんかん》だ。

青褪めた瞼に、先程目にした映像が取り憑《つ》いて離れない。

赤い縄を食い込ませ、身動きを封じられた男は無様な姿を延々《えんえん》とカメラに収められていた。喚きながら大きく開いた股ぐらで、そこだけ皮膚とは違う色をした性器を勃起《ぼっき》させながら。

あれが、男同士の性交か。

彌勒を除けば、勃起した他人の性器を見たのさえ、吉祥には初めてのことだ。大映しにされた陰毛《いんもう》や、尻穴だってそうだった。モザイクのせいばかりでなく、一見しただけではそれが体のどの部位かも、吉祥にはよく分からない。

指や舌、さらには器具で開かれた尻穴に、どす黒く勃起した男の陰茎が入り込んだ。人間の体と体がどう折り重なって、繋がり合うのか。いや理を外れ、男と男がどうやって繋がるの、か。

初めて眼前に突きつけられた事実に対し、興奮など皆無《かいむ》だった。

ぐっと、再び喉の奥に酸《す》っぱいものが込み上がる。

あれは、自分だ。

衣服を一枚剝ぎ取れば、皆あなるのか。自分と彌勒も例外ではない。むしろだらしなく尻穴を晒し、太い男の陰茎を呑み込む醜悪《しゅうあく》さは、吉祥自身そのものに思えた。

「……くそ……」

引き寄せた膝頭へ額を押し当て、呻く。

いつまでも、こんな所にいるわけにはいかない。茜色の残光も、もうすぐ死に絶える。そうすれば訪れるのは、本物の闇だ。

ぶる、とふるえた肩が、不意に動きを止める。

なにかを、聞いた気がした。自分の名を呼ぶ、声だ。

「…っ…」

立ち上がれないまま、引きつった背中が薔薇の立木にぶつかる。重たげな花が揺れ、吉祥は芝に爪を立てた。

「吉祥！」

切迫《せっぱく》した声に、奥歯がちいさな音を立てる。間違いない。彌勒だ。

「返事しろ、吉祥！」

直接肺を押されたように、息が詰まる。真っ先に込み上げたのは、言いようのない安堵《あんど》だ。同時に指先が、視聴覚室で摑まれた二の腕を辿る。ありありと腕に残る感触に、悲鳴がもれそうになった。

この体のどこにも、彌勒が触れなかった場所なんかない。

裸に剝かれて、汗で滑る皮膚を擦り合わせた。思い描く生々しさに、視聴覚室で感じたものと同じ悪寒が蘇る。

「吉祥！」

声を、上げたい。

手を伸ばして、摑みたい。この暗がりのなかで、境界線を失いつつある自分を唯一引き上げてくれる、弟の手を。

だが焼きついた映像が、喉を塞ぐ。重なり合う。

眼球の底が痛んで、吉祥は自分の口を両手で覆った。荒い足音が、茂みの向こうを通りすぎる。

「…ぁ……」

ざらりとした夜の色が、胸を舐めた。

遠ざかってしまう。足音が。

兄を呼ぶ声が途絶え、沈黙が耳を刺した。

息が、できない。

迫り来る夜と、打ち消しがたい闇の色が覆い被さってくる。

きつく目を閉じようとした頭上で、がさっ、と植え込みが揺れた。

「あ…」

蹴り折る勢いで暴かれたその向こうから、鋭利な残光が目を射る。斜めに光を浴び、黒い影が目の前に飛び出した。

「彌…勒…」

見間違えるはずはない。それは視界が利かない、この夕闇のなかでも同じだ。

息を切らす弟の影が、染みのように長く芝生へ伸びる。

「吉……」

余程焦《あせ》って走り回っていたのだろう。肩で息をする弟の双眸と行き合った途端、吉祥は弾かれたように踵を返していた。

満足に動かない足が縺れ、半歩も逃れることなく膝が落ちる。揺れた花の匂いが濃度を増して、吉祥は喘いだ。

「待て…！」

強い声が、背中を打つ。ぎくりとして振り返った視線の先で、彌勒が顔を歪めた。

残光を弾く双眸に、怒りの影はない。それはただ、苦いだけだ。

「クソ…ッ」

罵る声の低さに、吉祥の咽頭《いんとう》が引きつる。青褪める兄の容貌を睨み、彌勒が膝を折った。

弟は、踏み出さない。

距離を取ったまましゃがみ込んだ彌勒を、吉祥はまじまじと見た。

捕らえ、ないのか。

暗がりでなくとも、彌勒の力は易々と吉祥に勝《まさ》る。縛られたあの男のように、彌勒は自分を好きに扱う力があるのだ。

瞼に焼きつく映像は、今はもう自分の姿以外の何者でもない。

どうしてあんなことができたのだろう。あんな、恐ろしいことが。

「う……」

声を上げようとした吉祥へ、彌勒が右手を伸ばす。

それにさえ、びくりと肩が引きつった。後退ろうと足掻いた背が、薔薇の木立《こだち》に阻《はば》まれる。

双眸を見開く吉祥を、指先が招いた。

開いた膝へ肘を乗せ、ちちちちち、と彌勒が舌を鳴らす。

「…っ……」

犬や猫を呼ぶ、仕種《しぐさ》だ。

かっと頰に血が上り、吉祥は怒りのままに小石を摑んだ。投げつけたそれを、彌勒が首を傾けて避ける。

「なーこっち来いって」

肩を上下させる兄に、彌勒が尚も腕を伸ばした。

ちちち、ともう一度真顔で舌を鳴らされ、先程よりも大きな石を摑む。

「暴れんなよお兄ちゃん。棘《とげ》、刺さっから。…つかマジ誰庇ってんの？ クソ眼鏡？」

「違う！」

凍りついたと思った喉から、声が出た。悲鳴じみた響きに、彌勒が眉を寄せる。

「…やっぱ偉須呂？」

「何度言ったら分かる。俺の、だ！」

聞くに堪えない声だ。

彌勒はまだ、あのＤＶＤの持ち主が兄だと、信じる気がないのか。

「俺が…買ったんだ、昨ヨ…！」

それはシュレッダーで粉砕してまで、弟の眼から隠したかった真実だ。なのに何故、これほど大声でいかがわしいDVDの所有を連呼しなければならないのか。

声を枯らした吉祥を、彌勒が食い入るように見た。

「…なんでテメェがンなもん買うんだ」

「必要だと思ったからだ！」

言葉が同じ強さで、吉祥自身を切りつける。

吐き出す事実に、涙が出そうだ。

「………マジかよ、おい」

沈黙は、長い。当たり前だ。もらされた声の低さに、吉祥は薄い唇を噛み締めた。両腕で、頭を覆ってしまいたい。

笑われる。声を上げて。

それどころか呆れられ、罵倒《ばとう》されても不思議はない。

血を分けた弟と繋がるだけでは足らず、他の男たちがどうやって性交をするのか、それまでをも知りたがったのだ。

「キチぃだろ大丈夫かよ、テメェ」

彌勒が、身動《みじろ》ぐ。

身を乗り出そうとする気配に、ぴくり、と吉祥の体が揺れた。

探るような声には嘲笑《ちょうしょう》はおろか、揶揄の響きさえない。

「やべぇグロすぎだしアレ」

声はやはり、同じ場所から聞こえる。兄の怯えを読み取ったのか、距離を詰めることを諦《あきら》め、彌勒が犬歯《けんし》を剝き出しにした。

「グロ……い……」

笑わないのか。

頰杖《ほおづえ》を解いた彌勒が、しゃがんだまま両膝に肘を預ける。投げ出された指先を、最後の残光が照らしていた。

「どんだけマニアよ。しかもスカマニアな。ホモビって以前にチョイス最悪。つかテメェ、他人がアへってんの見たって気持ち悪ぃだけだろーが」

気持ち悪い。

衣類という日常の下にあったのは、ただもう気味の悪い肉の塊だけだ。

吐き気がした。

この感覚を一言で言えば、それはやはり嫌悪感でしかない。性的なものへの好奇心や興奮とは、かけ離れている。

果たしてこれは、十代の若者として正常な反応なのか。

分からない。正常なものなど、最初から吉祥の手のなかにはなにもないのだ。否、かつてはあったのかもしれない。だが全ては、あの闇の中に飲み込まれてしまった。

目を逸らし忘れ去ろうと努めることで、自分は過日《かじつ》の恐怖から逃れようとしてきた。しかし欠けてしまったなにかは、戻らない。

どれほど固く目を閉ざしていようと、思い知らされる。あの肌色の肉塊《にっかい》のように。衣服の下に隠しておきたい真実を、眼前に突きつけられるのだ。

「あー興味あったわけ、スカトロ」

棒読みで尋ねられ、吉祥が植え込みに置き忘れられていたスコップを摑む。本気で投げつけたそれを、彌勒が危なげなく避けた。

「あるわけないだろうッ！」

「そらそーだ。俺が気にしねーつっても、飯減らしてやがる時あるもんな」

ぐわっと、頭に血が上る。

耳まで、赤くなるかと思った。同時に血の気が失せ、昏倒するかとも思った。

なんでそんなこと、彌勒が知っているのか。

「っ……」

「尻使ってっから仕方ねーけどよ。いんじゃね、気にしねーでも」

その上どうしてこう、一々露骨《ろこつ》なのだ。

怒鳴り出すことも忘れ、両手を強く額へ押し当てる。

「なー吉祥」

「黙れ…ッ！」

膝を引き寄せ縮こまる吉祥を、彌勒が距離を保ったまま見詰めた。

「俺のためだろ」

甘ったるい香りを放つ花が、頭上で揺れる。

遮るもののない屋外で、彌勒の声は当たり前のように響いた。

「グッロいビデオ見たのも、買ったのも。あー童貞野郎共と上映会ってな感心しねーけど？」

興奮した莫迦共に犯《おか》されたらどーすんの。

そう忌々しげな声音でつけ足され、吉祥は顔を上げた。

「す、好きであんなこと…！　俺は……」

なにを言っても、言い訳だ。いかがわしいＤＶＤを買った事実に、変わりはない。それは決して、彌勒のためではなかった。

全ては、自分のためだ。

鼻腔の奥に、冴《さ》えた痛みが込み上げる。噛み締めた奥歯のふるえを隠せず、吉祥は冷えきった掌を握り締めた。

「……お前の、ためじゃない」

折り曲げた肘が、花と同じ白さで夕闇に浮かぶ。ふるえる兄の唇を、彌勒が身動ぎもせず注視した。

「た…正しい方法があるなら…。お前と……、ああいうことすると……腹は痛くなるし、色々汚れるし、夜更《よふ》かしになるし、お前は……莫迦にするし…」

論うどれもが、吉祥自身の都合でしかない。

それにも拘わらず、帰寮しない彌勒に腹を立てもした。文字通り、逆恨《さかうら》みだ。

「確かに腹ぎゅるぎゅるすっし？　俺上手すぎてメロメロしちまうし？」

「メ…！　だ、誰が…」

静かに言葉を継いだ彌勒に、吉祥ががばりと顔を上げる。兄の反論になど耳を貸さず、でもよ、と彌勒が立ち上がった。自らの膝へ掌を当て、反動をつけることなくのっそりと身を起こす。

「俺とヤらねーって選択肢は、選ばなかったわけだろ」

「…あ……」

彌勒と、性交しない。

確かにそうすれば、問題の大半は呆気なく解決した。腹の調子にうんざりすることも、シーツを汚す心配も、寝不足の目を擦ることもない。罪悪感に、苦しむこともだ。

思わず声を上げた兄に、彌勒が不満そうに顔を歪めた。

「ンだその声はよ」

「今気ィついたとか言うんじゃねーぞ」

鼻面へ皺を寄せた彌勒の言葉は、半分当たっている。

気づかなかったわけではない。そんな選択肢の所在《しょざい》さえ、自分は最初から探る気がなかったのだ。

「どっちにしろ、テメェがファックすんのは俺が前提《ぜんてい》なわけだろ。だったら二人のためでいんじゃゃね？　案外そっちのほーが嬉しーし」

言葉の汚さに反し、年齢相応な声が響いた。奥歯を噛んだ彌勒が、もう一度腕を伸ばす。

「なーだから頼むわ。もちっと明りートコに行こーぜ。そこじゃ電気点けてやれねぇだろ」

暗すぎだ、ココ。

藍《あい》色の空を睨み、彌勒がそう舌打ちをする。

寮の同部屋へ移って以来、彌勒が兄にまとわりつかなかった日は少ない。その同じ時間だけ、吉祥の頭上には照明の輝きがあった。

点して、くれていたのだ。

彌勒は兄のように、暗がりを懼《おそ》れたりしなかった。過日の出来事そのものさえ、懼れていないのかもしれない。

それにも拘わらず明かりを点すのは、ただ兄のためだ。

「吉祥」

名を呼ばれ、手足が竦む。

「触られんの、まだ怖ぇ？」

低くなった声に、かち、と奥歯がちいさな音を立てた。

弟の言葉は、何故これほど的確なのか。視聴覚室で摑まれた二の腕を、まだ鈍い痛みが焼いている。

白い兄の容貌を見詰め、初めて半歩、彌勒が踏み出した。

「…やめろ…っ！」

距離を詰めようとした弟に、声を張り上げる。

こんな夕闇を隔《へだ》てていても、彌勒の双眸が歪むのが分かった。

肺が、喘ぐ。

ぎり、と嚙み締められた彌勒の奥歯の軋みさえ、聞こえそうだ。踏み出そうとしたのか、立ち止まろうとしたのか。そのいずれかを確かめるより早く、吉祥は芝を蹴っていた。

「吉……」

暗がりの底では、一歩でさえこんなにも遠い。構わず、吉祥は溺れそうな泥濘《ぬかるみ》を掻き分けた。

「…っ…」

信じられないものを見る眼で、彌勒の指が宙を掻く。だがわずかに躊躇した弟へ、先に腕を伸ばしたのは吉祥だ。

崩れるように、体ごとぶつかる。頑丈な彌勒の体軀は、呻き一つもらさなかった。

「吉祥…」

夜と花の匂いが、遠のく。代わりによく知った匂いが、体を包んだ。彌勒の、匂いだ。

「お前は……」

囁くように、声を絞る。ぴくりと、弟の指先が引きつった。

「お前は、怖くないのか…?」

なにを懼れるというのだ。彌勒が。

自分の口からもれた問いを、すぐに否定する。

暗がりも暴力も、過去さえも懼れない弟が、なにかに恐怖するなどあり得ない。

双眸を歪めた吉祥の顳顬を、ぎり、と苦い歯軋りが掠める。苦痛を映す弟の眼を、吉祥は不思議な心持ちで見上げた。

「分かんねー」

低められた声が、右耳に落ちる。それは肯定と、同義語だ。

「…だから、試させてくれよ」

くぐもった弟の声には少し、馴染みがない。だがそれが呼び起こす胸の疼《うず》きは、覚え始めたものだ。

固く目を閉じ、吉祥は枯れ葉色の髪を摑み、引き寄せた。


水音が、耳を打つ。

彌勒に腕を引かれるまま辿り着いたのは、寮よりも近い部室だった。

学年代表である吉祥は、部室の合い鍵を預かっている。彌勒は当たり前のようにそれを使い、扉を開いた。

光を与えられた途端、全身から力が失せる。心配する彌勒を断り、這うようにして洗面所へ向かった。胸の中心に、まだ重い吐き気が残っている。

一人きり立つその部屋には、洗面所と一続きになったシャワー室が設けられていた。まだ新しい設備は、部室というよりも快適なジムの一角のようだ。

磨き上げられた鏡の前に立つと、水にぬれた白い顔が自分を見返してくる。失せた顔色と同様に胸がざわついて、肺の強張りが解けない。彌勒に支えられていた腕の痺れも同じだ。対照的に、枯れ葉色の髪を摑んだ指は熱かった。

ぶるっ、とふるえた視線が、鏡の縁に引きつけられる。

休憩用のベンチを隔てた背後に、個室が二つ並んでいた。振り払おうにも、先程視聴覚室で見た映像が脳裏を占めて離れない。注射器を尻穴に呑み込んだ男の姿に、繰り返し吐き気が込み上げた。子供のように泣き叫ぶ男に、尊厳《そんげん》などなにもない。

たっぷりと薬液《やくえき》を注入され、男は腹を踏まれて床を汚した。

あれが、自分が学びたかった現実か。

吉祥が望んだ通り、男同士の性交の一端や、正しい手順というものを垣間《かいま》見はしたが、それは期待とは全く異なっていた。

特殊な嗜好《しこう》性の偏《かたよ》りがあるDVDにせよ、男同士の性交であることに変わりはない。本来繫がるべきでない場所を使うのだから、うっすらと予感はあった。しかし世間にはもっと手軽で、機械的な方法があるのではと思い描いていたのだ。

あんなことをしてまで、みんな性交をするのか。あんな。

ぐっと、喉の奥で息が潰れる。

いくら正攻法だろうと、とても同じことができるとは思わない。

そもそもなんだ、あの注射器は。一体どんな医療施設で手に入れるのか。

自分の想像に頭を振り、吉祥は肩越しに視線を巡らせた。恐る恐る個室を窺おうとした吉祥のすぐ背後に、短い影が落ちる。

「お疲れ様でーす」

気色《きしょく》悪い作り声と共に、乾いたバスタオルが眼前を覆った。驚きのあまり硬直する兄の目の前で、彌勒がバスタオルを開く。

「な、なにやってるんだ、お前…！」

なんの気配も感じなかった。部室に残してきたはずの弟が、磨き上げられたタイルを踏んでいる。

「あー？　サービス？」

女子マネ風に。

そう語尾を上げる彌勒は、どこからどう見ても不遜《ふそん》な男でしかない。

「こんなデカくて鮫《さめ》みたいな眼をした女子マネがいるか！」

「倒れてんのかと思ったぜ。水か？　冷てぇだろ湯にしとけ」

蛇口から流れ続ける水を見咎《みとが》め、彌勒が腕を伸ばす。体越しに蛇口を摑まれ、吉祥の痩身が戦いた。

触られるかと、思ったのだ。

怯えを映した兄の双眸に、彌勒が眉間を歪める。

「…ぁ…違……」

自分の失敗を悟っても、すでに遅い。思わず首を横に振った吉祥の鼻先へ、薄い影が迫った。

「…違ェの？」

洗面台に手をついた彌勒の声が、低くなる。

違う、と、もう一度同じ言葉を口にすることはできなかった。ぬれた頬骨の上に、ゆっくりと彌勒の鼻先が触れる。

「っ……」

瞬いた睫からしずくが散って、視界がぶれた。

頭を引こうにも弟の眼から目を逸らせない。近づいた唇に唇を塞がれるより先に、吉祥は息を詰めていた。

「…ん…」

浅く触れた唇のやわらかさに、肩が竦む。

重なっているのは唇なのに、項《うなじ》が陽を浴びたように熱かった。後退ろうとして揺れた体を、大きな掌で支えられる。

先刻の映像が込み上げて、引きつった唇の隙間を舌先で舐められた。

「…ぅ…」

途端にじわりと、口蓋《こうがい》の奥までもが痺れる。舌で引っ掻いて散らそうにも、浅い場所を舐めてくる彌勒の舌が怖くて動けない。びくついた腰骨を掌で包まれ、吉祥は細い声を上げた。

「っ…、ぁ……」

乾いたシャツを押し返すと、その下にある筋肉が力を蓄えるのが分かる。

逆光に沈む彌勒の双眸が、皮膚を裂く鋭さで瞬いた。

「待……ッ」

下腹へと動いた手に、引きつった声がもれる。途端に空気が薄くなったように感じ、呼吸を継げない。踏み出した彌勒の影が瞼を覆って、吉祥は渾身の力で弟を引き剝がした。

「ま、まだ、俺、用意……」

喉の奥が、奇妙な音を立てる。

こんな情けない悲鳴が、他にあるのか。

「…あ？」

「だ、だから……」

喘ぐ喉の奥から、酸っぱいものが込み上げる。恐ろしい映像が何度も脳裏を巡り、薄い腹がへこんだ。

「あに？　風呂入りてーって？」

シャワー室を目で追った吉祥を見下ろし、彌勒が首を傾げる。

「洗って欲しーわけ俺に？」

「違…ッ」

大きく首を振った吉祥に、彌勒が何事かに思い至った様子で眉根を寄せた。

「……つかケツの話？」

低くなった弟の声に、眼球の奥が痛んだ。

勘がよすぎるのも、どうしたものか。

「必要ねーだろ。てか心配なんかねーしなかっただろ今までも」

露骨な物言いに、冷えきっていたはずの耳にまで朱が散る。力任せに弟の腕を振り払おうとしたが、逆に手首を掴まれた。

「…っ……」

「そーゆー問題じゃねって？」

眉を吊り上げた彌勒が、長身を屈めた。

「…ＤＶＤみたくヤった方が安心？」

フツーっぽく。

その声は、鼻先の真上で響いた。

刺すような痛みが、ぐっと鼻腔の奥に込み上げる。呆気なく胸の内を見透かす弟の声は、やさしくさえある。

「俺ァ今でも十分お行儀イイつかよすぎだと思うけど？　お兄ちゃんとスる時は」

行儀のよさとは無縁の男が、兄を覗き込んでくる。だがその声には揶揄など微塵もない。

「あーでも辛ぇんだよな。オトートにハメられっわ、汚ねー場所使ってるわとか思うのが。だから少しでも、他のやつらがやるみたくヤりてーの？」

遠慮のない言葉に、顳顬のあたりがぐらぐらする。

隠しようなんかない。知られている。みんな全部、この胸の内の弱さはなにもかも。

「じ、実際そうだろう！　だから……」

だからあのＤＶＤでも、と続けようとして、声が詰まる。

「……仕方ねーか。お兄ちゃんデリケートなの、ケツだけじゃねーし？」

眉を寄せた彌勒が、デニムのポケットを探る。身構えた吉祥の目に、薄黄色の包みが映った。

ちいさな、飴玉だ。

驚く吉祥の視線の先で、彌勒が包みを歯で開く。理由を問う前に、蜜色《みついろ》の飴が彌勒の口腔《こうくう》へ放り込まれた。

「彌……」

半歩近づいた弟の口が、唇へ重なる。ついさっきまで触れていたはずなのに、深く嚙み合わされると水の味がした。

「…っ…」

迷いもなく、唇の端から舌先が入り込んでくる。拒もうにも、触れてしまうのが怖くて歯列が浮いた。

「ん……」

普段意識することのない口蓋が、居心地悪いくらいぞくぞくする。差し込まれる舌に、口腔全体がびくついた。

「……ぁ…」

呻いた喉の奥へ、慣れない甘さが染みる。錯覚でも、まして自分の唾液の味でもない。かつ、と固い音が歯に当たり、吉祥は驚いて舌を動かした。

蜂蜜だ。

濃厚な甘さに目を見開くと、彌勒の舌がより深くまで飴を押し込んでくる。

「な…、これ……」

喘いだ吉祥の口腔から、ずるりと弟の舌が退いた。

「添加物ナシの国産百パーセント蜂蜜飴。山降りねーとンなもんも売ってねーのな、ココ」

「は、蜂蜜って……」

味を確かめるように、彌勒がぬれた唇を舐める。まさかこんなものを買うために、彌勒は昨夜から姿を消していたわけではないだろう。

「喉、痛そーにしてたでしょお兄ちゃん。他にも、イロイロ」

どうでもよさそうに応え、彌勒が右手を突き出した。掌を上に向けて促がされ、吉祥が半歩後退る。我が実弟ながら、人気のない場所では決して遭遇《そうぐう》したくない仕種だ。

「な…んだ、財布なら…」

「金じゃねーし。つか出せって、そいつ」

そいつ、とは飴のことか。

ぬっと、彌勒が赤い舌を突き出す。強引に口へ含まされた飴を、今度は吐き出せと言うのだ。弟の掌へ。

「なんでだ」

「お兄ちゃんのケツに入れっから」

ひぐ、と喉が変な音を立てる。

「げ…」

「大丈夫かよテメ！」

平然と返された途端咽頭が竦んで、ちいさな飴が食道へ落ちた。

体を折り曲げて咳《せ》き込むと、彌勒がすぐさま兄を抱き寄せる。

「な、な、な、お前……」

飴を呑むなんて、何年ぶりだ。いや、今この弟は、なにを言った。驚きと治まらない咳《せき》とに、涙まで出てくる。

「喋《しゃべ》んじゃねーよ。腹んなかキレーにしてんだろ。糖分入れりゃ浸透圧で腸動っから、面倒な薬ナシでも望み通り出るぜ」

蹲る兄の背をさする彌勒は、冗談を言っている様子ではない。酸素が足りないせいばかりでなく、顳顬が痛む。

「で、出るって…な…んで、そんなことを、お前…」

「あ？　言っただろ。勉強熱心なのはお兄ちゃんだけじゃねーし。個体差あんだろーけど実験ずみ」

「実…験…？」

不穏な言葉に、再び咽頭が引きつった。聞き返すのは賢明でないと、頭のどこかが警鐘《けいしょう》を鳴らす。

むしろ今すぐ耳を塞ぐべきだ。

「お兄ちゃんとヤんのに、安全じゃねーのは困んだろ。でもよーＤＶＤでヤローのケツ見んのはキメェだけだったし？　想像しただけでマジ勘弁。実験てのも若気の至りっちゃ若気の至りだけど」

「……今だって十分若いぞ」

なんと言って応えればいい。大体それはいつの話だ。尤もそれこそ、聞くべきことではないだろう。

「そーね。生まれた瞬間から、実兄にハメてイイって分かってたら違ったかもな」

実の兄弟で体を繋いでいい理由など、一つもない。そんなこと分かりきっていて、それでも彌勒は踏み越えたではないか。易々と。

「だってお前…」

「実の兄に勃起だぜェ。女と散々シてんのに。普通じゃねーわな」

冷たい刃を差し込まれたように、胸の中心が鋭く痛む。息が詰まって、引きつった瞼が水滴を弾いた。

「実際テメェとファックできっかどーかはともかくよ、お兄ちゃんマニアなのか単にアナルマニアなのか、はっきりさせとくのは悪くねーかと思って」

ケツ穴だけなら女にもあって助かったわ。

そう呆気なく口にされた言葉には、罪悪感の欠片《かけら》もない。実兄に対する純粋な欲望か、あるいは性的嗜好か。それは彌勒らしい、能動的な疑問だったのかもしれない。

「結論は簡単。お兄ちゃんマニアでした。そんだけ。まぁアホみてーなAV見て女のケツで実験実地試しまくったお陰で、テメェに怪我させずにヤれたし？」

虚勢のない声音は、呆気なく響いた。

「どうして、お前は……」

何故。どうしたらそんなこと、容易に口にできる。どれ一つ取っても、簡単に辿り着ける結論などではないはずだ。

「お兄ちゃんマニアの俺としては？　ぶっといシリンダー使えばテメェが安心できるってんなら、それでもイイわけだけど」

首の裏を掻いた弟に、ぐっと嫌な唾液が口腔に湧く。蹲った吉祥を、彌勒が真上から見下ろした。

「マジ試してみてぇわけクソＤＶＤみてーに。高圧浣腸とか。グリセリン溶液で腹一杯にすっとか？」

ぶるっと首筋のあたりに悪寒が走る。思わず首を横に振った兄に、彌勒が膝を折った。

「だろ。必要ねって」

「でも……」

思わず言葉が口を突くが、声は滑稽なほどふるえている。

「でも……」

「無理すんのやめとけ」

呆れた響きなど、微塵もない声だ。不意打ちのように、ぐっと鼻腔の奥へ痛みが込み上げる。

「つか一番の無理させてんの俺だけど？　普通なお兄ちゃんを、フツーじゃねえ俺のモンにしちまったわけだし」

タイルへ落ちたその声は、少し笑っていただろうか。蹴り上げられるような衝撃に、吉祥は顔を上げた。

「……が…う…」

「あ？」

「違うだろう！」

引きつった声に、彌勒が驚いたように眼を見開く。

「違わねーだろが」

「違う……！」

違う。なにもかも。

繰り返した声が喉の奥で潰れ、吉祥は血の気の失せた容貌を歪ませた。

鼻腔も喉も、眼球の奥も、焼けるように熱い。なによりこの、吐き出しがたい胸の痛みはどうだ。

「俺は……」

固く目を閉じ、吉祥は薄い背中を喘がせた。

「俺は…普通なんかじゃない」

声に出してしまうことは、怖い。でも、本当のことだ。

誰よりも早く起き出し、部活動に打ち込む。与えられた責務を全うし、学業にも、寮内の規律にも、吉祥は誰より模範的であろうとした。だがそんな自分を真面目だと評する者の目は、節穴だ。

全ては、反動でしかない。罪の深さに怯えるから、少しでも正しい世界に擦り寄りたくなる。

なんて小心で、浅ましい。

今回のことだってそうだ。

暗闇を通り抜けた自分は、輝かしい世界とは明確な齟齬《そご》を持つ。上手く繋がれているようで、その実通り抜けてしまうような手応えのなさ。どこにいても背中に貼りつく罪悪感や居心地の悪さを、最も象徴的に示す罪は、言うまでもなく彌勒との関係だ。

分かっていても、だからといって弟の手を放すことはできなかった。たとえそれがどんな罪だとしても、二度も彌勒を失うよりはずっといい。ずっと、だ。

露見すれば世界の全てから誹《そし》りを受け、排斥《はいせき》されるだろう。誰に知られなかったとしても、罪の深さは変わらない。だからこそ少しでも、正しい方法に近づきたいのだ。

「普通じゃないって分かっていても、だからって自分を変えられない。彌勒、お前みたいにも、他のみんなみたいにも…」

嗚咽《おえつ》と酷似した喉のふるえが、声を歪ませる。

自分の弱さを呪うなど、幾度でもしてきた。弟と交わる罪に怯えながらも、それでも繋いだ指はほどけない。分かっているのに、まだ自分はしがみついている。

正常な世界。明るい場所。自分の体の半分はいまだにあの暗いトランクのなかにいて、ふと正気づいた瞬間、真っ当な世界から弾き出されるのではないか。

いっそ世界の正しさなど全て捨てて、これが自分だと言えればいい。だがそんな強さも確信も、自分にはなかった。

彌勒とは、違う。

明示された境界を、弟は易々と乗り越えていたと思った。人を殴るのも、実兄の肉体を求めるのも同じだ。むしろ最初から、躊躇など覚えていない、と。

しかし実際はどうだ。彌勒にも迷いはあった。卑猥なＤＶＤを見て、生身の女性を相手に肛門性交まで試みた。そこまでの探求を経ても、弟は尚引き返すことなく踏み越えた。

結論を出して。

「まァ確かにテメェと俺は違ェよな」

肘先を掠めた溜め息に、痩せた肩が戦く。

「融通利かねークソ真面目。自分甘やかせねーにもほどがあんだろ。その上倫理観高くて面倒臭ェ」

どろりとした汚泥が、喉元から爪先へと流れる。もっと汚い言葉で罵ればいい。その権利が、彌勒にはある。

真っ直ぐな背骨をふるわせ、吉祥は細い息を啜り上げた。

「ンな堅物の、周りが死ぬほど気になる臆病者がだぜ、弟がアホみてーに喜ぶから、ファックさせてやろーって腹括《くく》りやがって」

声を継いだ彌勒が、低い姿勢のまま半歩踏み出す。ぶるりとふるえた兄を、逸らすことなく双眸が捕らえた。

「すっげ覚悟だろそれって。フツー以上に」

歪んだ視界のなかで、弟が笑う。

口を開いても、声が出ない。溺れそうだ。

「違ェ？」

喘いだ兄へ、彌勒が身を乗り出す。

「テメェにとっちゃ違ェかもしんねーけど。俺にはジューブン。すっげ嬉しい」

何故こんなふうに、笑えるのか。白いタイルに左手を突き、彌勒が兄の鼻先へ鼻面を擦り寄せた。

「……シてぃ？」

囁きが、耳の真横を舐める。

「つかサせて？　テメェは目ぇ瞑ってるだけでぃーから」

壊れ物を引き寄せるように、長い腕が伸びた。鼻腔の奥が痛くて、何度も瞬く。

なんだ、これは。やっぱりこんなもの、普通じゃない。こんなやさしさは。

彌勒の腕が肩口へ触れるより早く、吉祥はその肘を摑んだ。

「吉…」

力任せに引き寄せた長身が、体勢を崩して尻餅をつく。投げ出された彌勒の足の間へ、吉祥は瘦せた膝で乗り出した。

「テメ…」

殴られるとでも、思ったのだろうか。

胸倉を鷲摑まれ、彌勒が身構えたのは一瞬だ。眉を寄せた彌勒に応えず、吉祥は摑んだシャツのボタンを探った。

「………ナニ？　寒ぃの？　服もっと着てェ？」

「黙ってろ！」

的外れな弟の問いに、唇を嚙む。骨を模した銀のボタンは歪《いびつ》で、張りのある布は滑らない。そうでなくても自分は、器用とは言いがたいのだ。

「……脱がせてくれんの？」

焦《じ》れた指の下で、ぎ、と、三つ目のボタンが嫌な音を立てる。

「……マジで？」

注意深く問われ、吉祥は乱暴にシャツを引っ張った。

求められたから、性交に及んだ。

それがどれほどの禁忌か分かっていても、彌勒の腕を拒めなかった。力の問題だけではない。少なくともこの瞬間、弟のボタンを毟《むし》っているのは、吉祥自身の意志だ。

「黙れって言ってるだろ！　勝手なことばっかり…」

罵る声が、ふるえそうになる。奥歯を噛んでシャツを引くと、五つ目のボタンと共に生地が悲鳴を上げた。

「…普通、が……」

わずかに漂う湯の匂いに、呼吸を奪われる。それなのに口腔は乾いて、舌がざらついた。

「普通かどうかなんて…、やっぱり俺には、分からない」

世界が明るければ明るいほど、自分の足元の影は黒く、長く伸びる。目を、逸らしたい。願い続けてきた指先が、銀色のボタンを弾いた。

「だから…、普通とやり方が違っても、笑うなよ」

弟を睨みつけた眦は、首筋と同じように赤い。

「…て、吉祥、ちょ…」

驚く彌勒に構わず、暴いたシャツを右へ引っ張る。黒いシャツの下は、素肌だ。日に焼けた肌を目の当たりにすると、視聴覚室で見た映像が否応なく蘇った。あれは人というより、ただの肌色の塊だ。

思わず強く目を閉じ、瞼の裏の色を追い払う。再び開いた視界に映るのは、自らの手で剝き出しにした弟の皮膚だった。

広く張った肩幅や胸郭《きょうかく》の厚みを、鍛えられた筋肉が覆っている。羨望に値する、体軀だ。兄としての誇らしさと同時に、正反対の感情が胸を刺す。冷たい唾液を飲み下し、吉祥は怖ず怖ずと平らな腹へ指を置いた。

「…っ…」

触れた腹筋は固く、どんなに鍛えても、自分の腹はこんなふうにはならない。同時にそれは、画面に映し出されていたあの男たちとも違っていた。

「吉祥…」

気遣わしげな声にも応えず、両手で彌勒の黒いデニムを摑む。

「…痛ェって」

シャツよりも固いデニム地は厄介だ。苦闘する吉祥に、彌勒が低く呻く。

まじまじと兄を見る弟を、吉祥はデニムを摑むのと同じ乱暴さで押しやった。気が散る。不要な包装を剝ぎ取る手つきでファスナーを引き下ろすと、黒い下着を陰茎が押し上げた。

「っ…わ……」

　思わず顔を上げた吉祥に、彌勒が大きく息を吐く。

「勃つデショ、トーゼン」

　奥歯を噛み、彌勒が自ら下着に指を引っかけた。下着ごとデニムを脱ごうとした彌勒の腕を、白い手が摑む。

「お、大人しくしないと縛るぞっ」

「…縛るってドコをよお兄ちゃん」

　兄の決死の形相に、彌勒が天を仰いだ。

　下着を摑む吉祥の手は、技工や色気とはほど遠い。体に沿うボクサータイプの下着を、両手で引っ張る。

「……っ…」

　引き剝かれた下着から、重たげな性器が飛び出した。苦労して露出させておきながら、今度こそ吉祥が頭を引く。

　嘘だろう。

　勃起しつつある弟の陰茎は太く、恐ろしげな血管が浮いている。

「……分ぁったからベンチ行かね？　膝、痛ェだろ」

　股間を見下ろしたきり動けずにいる兄に、彌勒が諦めたような声を出す。しかし立ち上がろうとしない吉祥のため、タオルを引き寄せた彌勒が呻いた。

「い…っ…」

冷えきった指先が、弟の陰茎を掴む。

「い、痛かったか？」

力加減など考えず、一思いに握った陰茎は驚くほど熱い。

「つかテメェ……」

呻いた彌勒の眉間に、見たこともない皺が寄る。

一度触れれば腹が据わるかと思ったが、そうもゆかない。かといって今更放り出すわけにもゆかず、吉祥は陰茎を握る指を戸惑わせた。

「…ぁ…」

ざり、と、まだ乾いている陰毛が小指に擦れる。掌に包んだ陰茎が脈打って、吉祥は短く息を呑んだ。

「……反、則」

歯の間から絞るような彌勒の声は、快感というより苦痛に近い。何故か少し、ほっとした。反り返る肉の生々しさより、日常に近い声だからか。

「…ま、まだ、痛いのか？」

手にした陰茎を、恐る恐る握り直す。腕や足に触れるのと大差ない動きだが、それでも彌勒の肉はぴくぴくとふるえ、膨《ふく》れた。

量感も手触りも、自分のそれを握った時とは全く違う。自分の性器にだって、吉祥は積極的に触れた経験が少ない。

見るべきでないと分かっていても、ごつごつと表面を這う血管が怖くて視線が落ちた。

「う……」

ぬるりとぬれた先端の赤さに、唾液が湧く。やり場に困り手を動かすと、グロテスクに張り出した部分が掌に引っかかった。瞬く間に勃ち上がった陰茎は、もう指で一巻きにすることができない。

「痛ェっか」

低い声音が、吉祥の鎖骨あたりに落ちる。

喉に絡んだその響きに、ぶるっと鳥肌が立った。上唇を舐めた彌勒が、吉祥の肩口へ顳顬を当てる。

長い前髪の向こうから、光る眼が自分を見た。

「口から心臓、飛び出そー」

ゆっくりと瞬いた彌勒が、深く息を吐く。

肩にかかる重みが増し、吉祥は黒い双眸を見開いた。

快感を得ているのか。兄の手で。

眉を寄せる彌勒の表情は、苦痛に耐えるものにやはり似ていた。肋骨の隙間から染みるように、視聴覚室での恐怖が蘇る。

犬みたいに口を開け、みっともなく喘ぐ男の姿は、醜悪以外の何物でもなかった。吐き気を催すあの男たちの陰茎も、今手のなかで反り返る肉も、機能は同じだ。それなのに、今すぐ手首ごと切り落としたいとは思わなかった。

くちゃ、と粘ついた音に怯えながら、探るように弟を見る。

吉祥の指が先端の割れ目を辿ると、彌勒が短く息を詰めた。深くなった眉間の皺に、彌勒と同じように吉祥の喉が鳴る。

どうすればいいのかなんて、やっぱり少しも分からない。

自分がどうしてやりたいのかも、簡単には分からないのだ。

乾ききった唇を嚙み、吉祥は怖々《こわごわ》と頭を下げた。弟の股間へ屈もうとした吉祥を、強い力が摑む。

「…ありえねーし」

「放……」

握った陰茎は、びくびくと脈打つが射精には遠く及ばない。視線を落とそうとした兄に、彌勒が熱っぽい息を嚙んだ。

「無理すんじゃねつってんだろ」

「無理じゃ…」

こんな時でも真顔で返す兄に、彌勒がごそごそとデニムの尻ポケットを探る。

「んじゃ、記念に撮ってい？　お兄ちゃんのフェ……」

携帯電話を摑み出そうとした腕を、吉祥は思わず打ち払った。

「き、き、記念って…」

「記念じゃね？　待ち受けにさせろや。それがヤなら、キスさせてくんね」

なにがそれが嫌なら、だ。

抗議する前に、首を突き出した弟に口を塞がれる。

「…ぁ…」

ちゅ、と、握った性器と同じような、ぬれた音が響いた。唇の隙間を舌先で舐められると、意外なやわらかさに顎から力が失せる。

「ぅ……」

不可解なほど、全身が水を含んだ真綿みたいに重さを増した。すぐに閉じていられなくなった口腔へ、彌勒の舌が入り込んでくる。舌で舐められた場所だけでなく、口腔全体がじわりと甘く痺れた。

「ん、ん…ぅ…」

声なんか、出したくない。

そう思っても、喉の奥から声が出る。口を舐められているだけなのに、陰茎を握る指に意識を向けていられない。身を乗り出した彌勒が、ぴったりと肋骨に手を沿わせ撫でてくる。

「ぁ…、触るな…」

まだ、途中なのだ。邪魔をするなと叱ろうにも、強い手が制服のズボンを摑んだ。

「こ…ら…、手……」

ぺったりと床に据えていた尻から、強引に着衣を引き剝がされる。手を伸ばし引き上げようにも、力では適わず吉祥は横座りに近い格好で床に右手をついた。

「ダメ？」

窺う声は、健気《けなげ》でさえある。だがそれは、兄の手に自由を許していたものとはまるで違う。奪う声だ。

膝の間へ割り込んだ手が、尻にまで伸びた。ぎょっとして巡らせた視界の端に、自分の足と連なった赤いビニールパッケージが映る。

確かめるまでもない。校門で目にした、あの小袋だ。歯を使って一つをちぎった彌勒が、光沢のある袋を破る。粘度の高いローションを掬った指が、今し方まで下着に護られていた尻で動いた。

「っあ…！」

ぬるりと擦りつけられた粘液の冷たさに、息が詰まる。

器用に動く指はすぐに、窄まった尻穴を探り当てた。結局、なんの準備も行えなかった場所だ。内側を洗浄するどころか、心の準備だって本当は全然できてない。

それなのに力を込めようにも、やわらかな肉は押されるまま、つぷりと弟の指を呑み込んでしまう。

「テメェがンなにもキモチヨクしてくれる、礼」

必要ない。そんなもの。

背筋を強張らせる吉祥を見下ろし、彌勒が腰を揺らした。もっといじるようせがまれても、指は辛うじて陰茎に絡むだけでそれどころではない。大きく口を開けると、当たり前のように弟の舌が入ってくる。

「…う、ぅ…ぁ…」

「もっと上、こすって？」

甘ったれた声を出し、彌勒が尻に埋めた指を小刻みに動かした。厚い掌が、剝き出しにされた腿や陰嚢《いんのう》のつけ根にこすれる。触られてもいない性器がぴく、と戦き吉祥は声を上げた。

「ぁ…」

「先っぽとか。すっげ俺、ぬるっぬる」

笑う声が、強請る。だが先程まで吉祥の手のなかにあったはずの歩調や優位性は、もう跡形《あとかた》もない。

襞を充血させた尻穴を、脇から伸びた指が押すようにいじった。気色悪い。吐き気のような感覚に息を詰めるが、同じだけぬるい汗が噴き出した。

これが興奮だなどと、いまだに信じがたい。

陰茎を摑む指に集中したいのに、入り込もうとする舌や指に力が失せる。

「ぁ…、邪…魔…」

尻を揺すって距離を取ろうとするが、彌勒の指は抜けない。やわらかな縁を搔いていた指が、脇からもう一本、入り込んでくる。

「…いっ…」

「意地悪すぎじゃね。触らせて？　俺にも」

ぐちゅ、と空気が潰れる恥ずかしい音が、尻穴から響いた。浅い場所で動いていた指が、時間をかけて奥へと入ってくる。指のつけ根が尻に当たるまで深く出したり入れたりされると、口を閉じていることさえ難しくなった。

「…や…、俺、が…」

座ったままの不自然な体勢のせいか、いつもと違う場所に指が当たる。頭の芯ががんがんと痛んで、吉祥は彌勒の二の腕に額を押し当てた。

「俺が？　あーでも留守だぜぇ。お兄ちゃんの手ェ」

言葉面は生意気だが、その声はひどく嬉しそうだ。無邪気と、呼んでもいい。

まるで何物も恐れず、手を繋ぎ合っていた頃みたいだ。世界の明るさも、暗闇の深さも、なにもかも。

「…ぁ…だ、だか…、ら…」

「まー、確かにもー十分でっけーか。どーぉ、お兄ちゃん」

腰を揺らされ握力を込めると、にゅるっと掌から陰茎が逃げた。

「あ…」

「入れてい？」

深く身を乗り出され、辛うじて体を支えていた右腕が折れる。力を入れようにも体中が重くて、どうしようもない。叱りつける力もなく、吉祥は背中から床へ崩れた。

「…ぅ……」

「なー、駄目？　お兄ちゃんのケツんなかでぎゅうぎゅうされたら、もっとでっかくなると思うけど」

ぺち、とタイルに手をついた彌勒が、兄の顎先へ屈み込む。駄目だと言ったら、やめるつもりなのか。

請う動きで顎を齧ってくる歯に、吉祥は目を閉じた。大きく開かれた腿のつけ根へ、勃起した肉が擦りつけられる。

「殺す…気…か……っ」

鼻腔の痛みが、ひどく悔しい。

掠れた兄の罵倒《ばとう》に、逆光のなかで彌勒が笑った。

「逆だろーが」

肩を揺らした弟が、右手でぬれた肉を押し下げる。指で支え、押し当てられた陰茎が尻穴の上を滑った。あ、と声を上げた吉祥を真下に見下ろし、重い体が沈んでくる。

「うあ…っ、あ……」

反り返った背中の下で、床に敷かれたタオルが歪んだ。

窄まろうとする粘膜を押し広げ、勃起した陰茎が入ってくる。太い。何度経験したって、こんなこと慣れたりしない。体中の骨が軋んで、吉祥は身をよじった。

「い…、ぁ…、は……」

痛みよりも、皮膚が引きつる感覚に尻が強張る。身構えていたはずなのに、皺を広げくぐってくる肉の体積に声が出る。

「すっげ…」

焼けるように熱い息が、鼻先で呻いた。きつい筋肉の輪で締め上げられ、彌勒の眉間に濃い影が落ちる。兄に性器を握られ、見せたのと同じ表情だ。

「…は、ぁ、あ……」

揺すられる動きに顎を突き出すと、ざり、と床で髪がこすれた。色んな音が頭蓋骨《ずがいこつ》で混ざる。悲鳴みたいな呼吸、粘つく唾液。ぶつかる体。彌勒が腰を進めるたび、顳顬で痛みが脈打った。

歪んだ顔を隠したくて、弱々しく身動いだ踵に腿が当たる。ひどく、近い。

「ぁ…、や……」

わけが分からないほど深くまで、彌勒の陰茎が入り込んでいた。息をするだけで、深々と埋まるものを締めつけそうで怖い。

「ダイジョーブ？」

身動きもできず、あく、と悲鳴の形に口を開く。潤み、涙に粘つく眦を彌勒が覗き込んだ。

「なわけ、ねーか。ココも、ギッチギチ」

「っ…、う…」

荒い呼吸の合間にそっと尻を揺らされ、鼻の奥が鳴る。引きつりへこんだ下腹を、大きな掌が撫でた。

「……ッ、あ、ぁー…」

ぬれた陰毛を掻き分けた指に、性器を手探りされる。呆気なく摑み取られ、吉祥は歯を食いしばって仰け反った。

挿入の痛みに萎えていた性器へ、瞬く間に血が集まる。ぬるぬる滑る先端を締めつけられ、吉祥は耐える間もなく射精した。

「ァ…、あ、は、…ぁ……」

息を詰めた兄の上で、彌勒もまた深く体を折る。低く呻いた息が、乾ききった吉祥の口腔を舐めた。

苦しげなくせに、荒い息に混ざる喜色に鳥肌が立つ。この人でなしめ。

悔しくて苦しくて堪らないのに、緊張した尻が入り込んだ陰茎を強く締めつけた。

「あぁ…、も……」

誰の声だ。こんな響き。

強く瞑った瞼の上を、枯れ葉色の前髪が掠めた。

「やっべ、マジ、でっかくなる」

喉の奥に絡む声は、やっぱり笑っている。

光る眼が鼻先で瞬き、がち、と奥歯が固い音を上げた。

「う…そ……」

のたうち、弟の顔を押し退けようと暴れるが、手足が重い。ぬる、と脇腹へ手をなすりつけられ、籠もった匂いが鼻先を掠めた。精液の匂いだ。

びくついた肘が、床へ落ちて鈍い音を立てる。

「ウソじゃねーって」

両膝で体を支え直した彌勒が、ぬるぅっと太い陰茎を引き出した。ぴっちりと包む粘膜を掻き上げ、抜け出ていく感触に喉が反る。

動くなと怒鳴りたいのに、干上がった舌先と息が口蓋に貼りついた。

「…ん…ぁ…」

床を打った肘を、労《いたわ》る動きで辿られる。戦いた指先が黒いシャツを掠め、その下にある彌勒の二の腕に食い込んだ。

ぎ、と布地を軋ませた爪が、痛まないはずはない。それでも兄のため、腕を傾けた彌勒は笑っていた。

「…ひ、ぁ……」

「なー？　判んだろ。お兄ちゃんがでっかくしてくれたチンコ。あんな狭ェ穴にハマってんだぜ」

射精の衝撃が去らない体を、腰を高く引き上げ揺すられる。分厚いタオルを敷いていても、結局は床の上だ。薄い兄の体を押し潰さないよう、彌勒が慎重な動きで腰を回した。

「あ、あ……」

ずぷずぷと進む陰茎が、腹のなかで脈打つ。

彌勒が言う通り、それはつい先程までこの手で握っていた肉だ。

指が回りきらないほど太いあの陰茎が、自分のなかにある。反り返り、血管を浮き立たせた感触が蘇り、ぞっと鳥肌が立った。同じなまぬるさで、重い痺れが下腹を包む。信じられない。弟の、あんなものが。

「ぁ…黙…れ……」

苦しみ、押し出したものは罵声なのに、裏腹に腕が伸びた。抵抗を許すことなど、考えない。力任せに枯れ葉色の髪を摑むと、眼を見開いた彌勒が床へ手をついた。自分を押し潰さないよう庇う弟が腹立たしく、闇雲に引き寄せる。

「だか、ら、やベーって…」

食いしめた唸りと共に、重い体が肺を圧迫した。伸しかかる弟の体重ごと、尻の奥で陰茎が跳ねる。

もう十分苦しいのに、びくつくたびさらに膨れる肉が怖い。それなのに、殴りつける代わりにしがみつく指に力を込める。

背骨を軋ませた吉祥へ、ず、と音を立て、彌勒が腰を打ち込んだ。

「あ…っ…」

「またでかくなる」

憎いほど気持ちよさそうな声に、首を振る。無理だ。これ以上なんて、絶対。

「変…態…っ…」

「かも、な」

笑った声と舌とが、口腔へ入り込んだ。ぬっと突き出された舌が舌を押して、火がついたみたいに口蓋が疼く。乾いていたはずの粘膜がすぐにぬれて、唾液が垂れた。

「…は、はぁ…」

混ざり合う息が、うるさい。

冷たいタイルに落ちて、それは何度でも耳に届く。寝台の軋みの代わりに、体の内側で骨が音を立てた。

こぼれる唾液で、擦り合わせる口元が滑る。焦れて歯を立てようとすると、荒い息遣いが笑った。

「ぁ…」

引き上げられた腰を前後に揺すられ、性器が固い腹筋に押し潰される。腹を撲たれたような気持ちよさに、爪先までが緊張した。

「……っ…」

竦んだ尻穴が陰茎を締め上げ、絡めた舌の奥で彌勒が呻く。腹や腿へ密着した胴が、ぶるっ、とふるえた。

「…あ…ッ、あ……」

ぬれた舌音に、自分の声が混じる。頬骨に額を押し当て、彌勒が息を詰めて射精した。

注がれるまま、床で悶える。脳味噌は今にも煮えてしまいそうなのに、腕の内側には鳥肌が立った。

「は、は…ぁ……」

びくびくとふるえる兄の尻で、彌勒が腰を揺らす。最後の一滴まで、残らず吐き出された。

「…ん、ぁ……」

何度も瞬いた瞼ごと、熱い舌が涙を吸ってくる。早く短い息を隠そうともせず、あー、でも、と彌勒が呻いた。肺の底から絞られた声は掠れ、いつもの明瞭さを欠いている。

「すっげ、イイ」

兄の鼻梁へ鼻面を擦りつけ、彌勒が深く息を吐いた。くぐもった声の端は、腹立たしいほど気持ちよさそうだ。

「フツーじゃねーよ。ンなにイイの」

鼻梁へ歯を当てた彌勒の眼が、兄を見る。

眇められた彌勒の目元から一滴、汗が伝った。同じ汗で、自分の肌も滑る。

ぴく、と投げ出した爪先が引きつって、吉祥は重い腕で顔を覆った。

「……、っ……」

「あ？」

低くもれた言葉の断片に、彌勒が首を傾ける。逆光に枯れ葉色の髪が目映《まばゆ》く溶けて、ずる、と指が滑った。

熱い。

辛うじて髪へ絡んだ指が、彌勒の顳顬に当たる。皮膚をぬらす汗とは対照的に、発汗する体そのものはあたたかだ。いつもは冷たく感じる彌勒の唇や眦にも、血の色がある。

視聴覚室の画面で繋がっていた男たちもまた、紅潮した顔を歪め、ありとあらゆる体液を垂れ流していた。気色悪くてならなかったあの行為の直中《ただなか》に、自分は、いる。

むしろ嫌悪すべきは、画面ではなく今ここにある性交だ。

普通じゃない。

実弟の陰茎を握った。勃起させ、冷たいタイルの床で交接した。この現実の恐ろしさに、悲鳴を上げてもいいはずだ。

だが自分は叫びもせず、きっと正しくもないだろう手順で繋がっている。彌勒と。

せめて性交の手順だけでも、正しいものを真似たいなど、愚《おろ》かなことだ。分かっている。どんなに取り繕っても、正しいことなどなにもない。

それでも自分の上で息を弾ませる弟を見上げ、込み上げるふるえは嫌悪ではなかった。

「だか、ら……」

もう一度押し出した声が、掠れる。同じように揺れた手首を、がぶりと頑丈な歯が捕らえた。

「だから、テメェが頑張ってくれたからだろ」

摺り落ちそうな肘を、包み取られた。もう一度首筋に導かれるまでもなく、吉祥は喘ぐように弟の髪を握った。痛みに、彌勒がちいさく呻く。構わず引き寄せると、二人分の体重に背骨が軋んだ。苦しくて鼻腔の奥までもが痛むのに、彌勒を遠ざけることができない。弟を引き寄せる腕は、紛れもなく吉祥自身のものだ。

「いってーの」

肩を揺らした彌勒が、うっとりと額を舐める。

そんな声、出すな。

顎ごと口を摑もうとすると、重い体が身動いだ。くぷ、と粘つく音を立てて、繋がった部分が動く。

「…あ…」

思わず締めつけそうになった陰茎に、吉祥は体を丸めた。苦しげにへこんだ吉祥の腹に、彌勒が腰を擦りつける。固い腹でこすられた性器は、なまあたたかくぬれていた。

「や……」

摺り上がろうとする兄の左腿を摑み、彌勒が尚も腹を擦りつける。ぬれて光る眼が、吉祥を見た。

ぞくりと、脹《ふく》ら脛《はぎ》を伝い踝《くるぶし》にまで痺れが走る。

「俺も、頑張らねーとな」

「待…」

これ以上は、本当に無理だ。

喚こうとした言葉は、もう声にならなかった。ひどく気持ちよさそうな息を吐いた唇が、口角を辿る。

跳ね上がった鼓動に唇を嚙み、吉祥は弟の鼻梁へ嚙みついた。


真昼の日差しが、飾り格子の影を鮮やかに床へ描く。濃淡のある影を踏み、吉祥は長い廊下を歩いた。

「マジありえねー」

隣に並んだ杉浦が、苦りきった声をもらす。

「誰だあのＤＶＤ買ったヤツ」

昼休みのこの時間、校舎はいつもと同じ喧騒《けんそう》のなかにあった。

「だから俺だって言ってるだろ」

薄い唇を引き結び、吉祥が眉を寄せる。真剣な吉祥に、杉浦が唇を尖《とが》らせた。

「またまたー。バレバレだって。仁科君が買うわけがねーじゃん。あんなん」

あんなん。

視聴覚室で上映されたＤＶＤの持ち主が誰か。吉祥が何度自分であることを主張しても、それを本気で信じる者はいなかった。

「杉浦、テメェだろ？」

半歩前を歩いていた氷室が、笑みもなく切り捨てる。

「ば…ッ！　だから違ぇって！　お前ェが言うと洒落《しゃれ》になんねーんだよ。大体どこ行ったんだあのディスク。俺んだって言うならあれくらいよこせって」

「欲しいのか。素直なヤツだな」

哀れなものでも見るように、氷室が眼鏡を押し上げる。

日曜日の騒ぎの後、ＤＶＤは全て寮長によって没収された。しかしそこに、あの男同士の性交を収めたＤＶＤは含《ふく》まれていなかった。行き先は、吉祥も知らない。知りたくもなかった。

ＤＶＤが消えた後も、当然その持ち主については寮中の話題となった。不幸にも杉浦は、あのＤＶＤの持ち主として名を挙げられているらしい。

「後学のため……じゃなくて、どーせ汚名着るなら実が伴ってた方がマシじゃね？」

「悪かった杉浦、だからあれは……」

部屋を探したが、運悪くレシートはすでに処分した後だった。こうなれば店員に証言してもらうしか道はないが、そこまでしても様々な誤解が解けるか、自信がない。

「もういいって仁科君。仁科君があー言ってくんなかったら、今頃寮んなかマジ血の海だっただろーし」

「それですめばマシなんじゃねえのか。あの狂犬相手に」

同情心など少しもない声で、氷室が上階へ続く階段を上った。白い漆喰の壁を撫でて、新緑の香りを運ぶ風が抜けてゆく。

「まーね。あれで先輩たちも少しは懲りただろーし？」

どんな手を回したのか、あの上映会は勿論、その後の騒ぎも寮内のみの問題として処理された。無論関わっていた者全員が、寮長からきつい注意を受けたことは致《いた》し方ない。

「俺、視聴覚室ん時も心配だったんだけど、AV見て興奮した莫迦に仁科君が襲《おそ》われたらどーしよーと思ってさ」

大きな溜め息を吐いた杉浦が、真顔で吉祥を見た。どこかで、聞いたような話だ。眉根を寄せた吉祥に、氷室もまた頷く。

「気ぃつけとけよ吉祥。あんなDVD買う輩《やから》がここにはいやがんだからよ」

ちらりと視線を向けられ、杉浦が拳を振り上げる。

「違ェつってんだろ…って、あれ、仁科君教室戻んねーの？」

階段を駆け上がろうとした杉浦が、階下に立つ吉祥を振り返った。

「ああ、図書室へ寄ろうと思って」

手に提《さ》げていた袋を、吉祥が示して見せる。

「あ、じゃあ俺も」

「いーのかよ杉浦、英単語の補習は」

頭上から落ちた氷室の声に、げ、と杉浦が呻いた。ついて来たそうな杉浦に手を振って、板張りの廊下を進む。

古びた図書館の扉にはまるのは、把手《ドアノブ》ではなく金属の板だ。何人もの生徒の手が押し開いたそれは、磨《みが》き上げられ今でも明るい金色に光っている。

カウンターへ本を返却しようとして、吉祥は首を傾《かし》げた。司書の姿が見当たらない。書庫にでも降りているのだろうか。

周囲の生徒に声をかけようにも、皆熱心に本を読んでいる文化部員ばかりだ。

本を抱えたまま、吉祥は本棚の間を通り抜けた。見慣れた書棚の前で、足を止める。

同性愛の発明とその機能。

小難しい題名を目で追うが、もう手を伸ばそうとは思わなかった。

「あー、なんだっけ、相互オナニーのヤリ方について？」

耳の真横に、低い声が落ちる。

ぎょっとして振り返った吉祥の肘が、書棚の端にぶつかった。

「彌……」

飾り窓から入る日差しを、大柄な体軀が遮る。触れそうな近さで、彌勒の上着から下がる銀色の蜘《く》蛛《も》が揺れていた。

「な…、お前……」

「借りんの、これ？　って、もーいらねーだろ」

吉祥が眺めていた本を、彌勒が無造作に手に取って放る。

「ちょ…、なにするんだ、お前学校の本にっ」

「ナニってお兄ちゃん、勉強熱心なのも大概にしてくんね？」

静かな声が、なんだか怖い。

「……なにがだ」

悪い予感に、背筋がざわつく。だが兄として、弱味を見せるわけにはいかない。

距離を取ろうとした吉祥を、強い腕が引き戻す。書棚に手をついた弟の影に、頭から呑み込まれた。

「テメェどこ行ってた、昨日の放課後。部活始まる前」

耳を囓られそうなほど間近で、彌勒が尋ねる。

昨日の放課後。

思い当たることは、すぐにあった。大きく瞬いた吉祥が、弟を見る。

「ど、どこだっていいだろう。…ていうか、なんで知ってるんだ、お前」

そもそも、吉祥は隠し事が上手い質《たち》ではない。声を上擦らせた兄に、彌勒が舌打ちをした。

「保険医から教えてもらったわけよ。イロイロと」

剣呑な眼が、正面から兄を捕らえる。

それって、まさか。

込み上げる言葉にぐっと喉を喘がせ、吉祥は唇を引き結んだ。

昨日、吉祥は保健室を訪れた。具合が悪かったわけではない。

尋ねたいことがあったのだ。

　そもそも最初から、自分はそうすべきだった。あんな店を訪れることも、猥褻なＤＶＤを買う必要も、なかったのだ。

「お、お前も質問に行ったのか？」

「ヤローＩ同士のファックについてか？　なわけねーだろ」

　怒鳴った弟の口を、両手で押さえる。しかしその声は、嫌というほどはっきりと響いた。

　どこかでばさばさっと、本を取り落とす音がする。

　彌勒の、言う通りだ。

　男同士の、正しい性交とはどんなものか。倫理に沿わない行為に踏み込んでおきながら、その方法だけ正しくても罪の深さは変わらない。分かっていながら、やはり弟一人の知識を頼るのは、兄として抵抗があった。

　考えた末、吉祥が叩いたのは保健室の扉だった。

　意を決して切り出すと、保険医は雷《かみなり》に打たれたように目を見開いた。そのままばったり後ろへ倒れるかと思ったが、保険医はどうにか動揺《どうよう》を抑《おさ》え、生真面目な学年代表のため、丁寧《ていねい》に解説を始めた。

　最初から、こうすればよかったのだ。

　保険医の話はＤＶＤのようなグロテスクさもなければ、彌勒が与える羞恥《しゅうち》や高揚《こうよう》とも無縁だった。数式の授業を終えたのと同じような気持ちで、吉祥は保健室を後にした。

「…じゃあなんで…」

「ヤローとファックしてーのは、真面目な仁科クンじゃなくて弟の方だって思いやがったってよ」

お陰で捕まって、散々説教垂れられそうになった。

そう言って顔を歪めた彌勒に、吉祥が目を瞠《みは》る。

「俺が保健室へ相談に行ったのは、お前の代わりだと思ったってことか」

確かに吉祥は、自らが男性と肉体関係を持ちたいと考えている、とは言わなかった。一般的な事象《じしょう》として質問したつもりだが、保険医はそれを勘違いしたということか。

飽食《ほうしょく》の限りをつくした彌勒が、さらなる悪食《あくじき》に走った、と。弟の代わりに保健室を訪れた兄に、保険医は勝手に同情してくれていたのだ。それだけに留まらず、彌勒を捕まえ説教までしたというのか。

「…先生は…？」

どこにいるのかと、そう続けようとした問いに彌勒が肩を竦める。

「知らね」

気のない返答に、さっと血の気が下がった。

慌てて図書室を飛び出そうとした兄を、彌勒が強い力で摑む。

「実践されたりしてねーだろーな」

がたん、と低い音を立てて本棚へ追い詰められ、吉祥は弟を睨み上げた。

「そんなわけあるか！　やっぱりちゃんとコンドームを使うようにだな…」

「あ？」

「だから、コンドームだ！」

大きく響いた声に、はっとして口を塞ぐ。今日に限って、司書の咳払いは聞こえない。代わりに動揺に揺れる幾つかの足音が、予鈴《よれい》に追われて図書室を出て行った。

「授業が…」

「だな。五時間目はたっぷり俺にもレクチャーしてくんね」

唇を尖らせた彌勒が、薄い皮膚に歯を当てる。

「有意義な、保健体育」

やわらかな舌が嚙み跡を舐め、吉祥は声にならない悲鳴を上げた。

オーバー×ドーズ

驚くほど知能が高くて、猜疑心《さいぎしん》が強い。

その建物に二度と足を運ばなくてよくなった理由は、そんなところだ。

「どんなことが好きか、教えてくれる？」

長い髪をした白衣の大人が、やわらかに尋《たず》ねる。白い椅子に腰をかけて、仁科彌勒《にしなみろく》はしげしげと室内を見回した。

黒い額縁に入った絵が二枚、象牙色の壁にかかっている。銀色の机には、七色の紙に包まれたちいさな飴《あめ》が載っていた。だがそのどちらも、幼い彌勒の注意を惹《ひ》きつけはしない。

「それ、吉祥《きっしょう》にも聞くの？」

床に届かない足を、ぶらぶらと振る。はっきりとした声は、利発《りはつ》さ以上にひやりとした違和感を含んで響いた。

「お兄ちゃんがいないと、嫌？」

四角い部屋にいるのは、彌勒と白衣の女、二人きりだ。足を揺らしながら、彌勒は尚《なお》も室内を眺め回した。

「一人でも、楽しいことってあるでしょ？」

応えない彌勒にも、女は怒らない。

「お外で遊んでる時とか…。真っ青な空を見たり、そこに白い雲が浮かんでたりすると、うきうきしない？」

見上げる、空。

脳裏《のうり》に思い描くことのできる空の色は、無数にある。

だがそれらが大きく二つの種類に分かれることに、彌勒は最近気がついた。

「青いかな、空って」

一人言のように、呟《つぶや》く。

「…青くない？」

女の問いには応えず、彌勒は足を揺すった。青色をどう定義するかはともかく、確かに概《おおむ》ね空は青い色をしていた。

だがただ青いだけか、特別な輝きを纏《まと》っているかで、それはまるで違う。二つを同じ青と呼んでいいのか、彌勒には疑問だった。

一人で見上げる空は、大抵ただ青いだけだ。

のろのろと動く、味気ない世界。

眼球が映し出す景色がいかに色鮮やかであろうと、脳が受け取る刺激は荒涼として乾いていた。もっとずっと前は、違っていたのに。

子供部屋という、ちいさな世界の輝きを思う。

十ヶ月遅れて、彌勒は兄と同じ産道を経《へ》てこの世に生まれた。初めて肺で呼吸をした瞬間から、自分の傍《かたわ》らには兄がいたのだ。兄と共に子供部屋ですごした時間は、当たり前のように全てに匂《にお》いがあり、色があった。

それを感受していたのが自分の脳でないなどと、誰《だれ》が思うのか。

否《いな》、あれは確かに、自分の脳が味わったものだった。だが一人きりでは、得られない。

兄が傍らにある時だけ、世界は輝きと意味を持った。癒着《ゆちゃく》した兄弟を、両親がその建物に連れて来たのは当然の結果だ。

だが莫迦《ばか》な親は、彌勒に投薬の必要がある可能性など、露《つゆ》ほども考えていなかった。彼らはただ、年子《としご》の兄弟の大きすぎる成長差を心配していたにすぎない。四角い部屋で話した女も、彌勒との会話の継続には否定的だった。信頼関係の構築が不可能な以上、それを続けても意味のないことだ。

人間は他人の表情を読み取り、感情を共感することができると言う。他人の笑顔を見た時、同様の幸福感が湧《わ》くのだそうだ。仕組みを知り、腑《ふ》に落ちたことが一つある。

この頭は、欠陥品《けっかんひん》だ。

兄に比べて早く歩き出し言葉を喋《しゃべ》ったとしても、その事実に変わりはなかった。

右の眼と左の眼、右の耳と左の耳。二重に、そして時には四重に、彌勒の思考と世界は重なる。なにかが欠けているのか、あるいは多すぎるのか。頭蓋骨《ずがいこつ》の内側で働き、血中を満たすべき物質は彌勒に幸福をもたらさない。

どんな仕様だ。

全知全能だという糞《くそ》野郎は、彌勒に多くのものを授けておきながら、本当に必要なものの幾《いく》つかは失念したらしい。そしてそいつは、彌勒に兄と、小学三年生のあの日に暗闇《くらやみ》を与えた。

果たしてそれは、福音《ふくいん》と呼べるのか。

どちらでも、構わない。確かなことは、一つだけだ。これが自分の世界であり、もう空の色が一つしかなかった頃には戻れない。

四角い部屋を出て、振り仰《あお》いだ色を思い出す。

白い雲の上に、天国なんかないと知っていた。でももしそこに、全知全能の誰かがいるのなら、空なんか墜《お》ちればいい。


悲鳴か、怒声か。

空気の振動が、皮膚《ひふ》に触れる。

制服を着た男たちが、喚《わめ》いていた。上級生という奴《やつ》らしい。足元には一人、鼻血を流し転がっている莫迦もいる。

面倒臭《めんどうくせ》え。

端から順にぶち殺してゆければ話は早い。だがそうできない理由が、一つだけある。

息を吐くのも億劫《おっくう》で、彌勒は頭上に視線を巡らせた。形のよい額に、目映《まばゆ》い朝の日差しが落ちる。

透明な陽光を浴びてさえ、彌勒の容貌《ようぼう》は穏やかさとは無縁だった。

薄刃《うす》で刻まれたような瞼《まぶた》の下で、膿《う》んだ眼が瞬《また》く。

青い空が、開かれた窓の向こうに広がって見えた。はるか上空から降り注ぐ太陽光線が、大気にぶつかり砕け散る色だ。写真に写すよりも鮮明に、彌勒の眼はその色を記憶することができる。だが、それだけだ。莫迦莫迦しいほどのその青さも、彌勒の心にはなんの感銘《かんめい》も呼び覚まさない。

欠伸《あくび》をもらす代わりに、彌勒は頑健な体を傾《かたむ》けた。枯れ葉色の髪が揺れて、窓枠に乗り上げていた体が弧を描く。

「な……っ…」

窓の向こうに足場はない。躊躇《ちゅうちょ》なく落下した体に、上級生たちから悲鳴が上がった。地表が、近づく。木の葉が額を掠《かす》めても、彌勒は瞬き一つしなかった。

「…ッ…」

声が弾けるのと、両足が地面を打ったのはほぼ同時だ。柔軟に膝を撓《しな》らせ、大地を踏む。

「マジ…、かよ……ッ…」

頭上から、引きつった叫びが降った。下り立った地上でも同じだ。驚きに見開かれた視線が、幾つも突き刺さる。

「遅刻だぜ。朝練」

ひやりとした声が、間近で響いた。慌《あわ》てふためく、阿呆《あほ》共の声ではない。それが誰のものであるかは、すぐに分かった。

だらしなく巡らせた視線に、冷ややかな眼をした男が映る。

なんの前触れもなく降ってきた彌勒を眼の前にしても、氷室神鷹《ひむろかみたか》は顔色一つ変えていなかった。愚鈍《ぐどん》なわけではない。むしろその逆だ。アイスホッケー部に所属する氷室は、この春進学した新入生のなかでも最も計算高く、狡猾《こうかつ》な男の一人だった。アイスホッケーで勝つためなら、手段を選ばない男でもある。

「あ?」

心底、面倒そうな声がもれた。事実面倒で堪《たま》らない。切り取られたように、世界はいつでも分離と統合を繰り返す。時に駒《こま》送りで、そして時に早回しで進む世界は閉塞《へいそく》に満ちていた。

穏当《おんとう》とは呼びがたい彌勒の声に、氷室が怯《ひる》みもせず頭上を振り仰ぐ。

不自然なほど黒い髪が、眼鏡に覆われた目元で揺れた。しかしそのどちらも、冷淡な氷室の眼光を隠すには不十分だ。尤《もっと》も氷室が隠そうとしているのは、そんなものではないのだろう。

「すっげ。あり得ねー…!」

氷室の隣で立ちつくしていた生徒が、大らかな声を上げた。

上背でこそ氷室に劣るが、引き締まった体つきをした男だ。芝生に着地した彌勒の代わりに、悲鳴をもらしたのもこいつだろう。

こちらを覗《のぞ》き込んでいた何人かの生徒たちが、彌勒の眼光を避《さ》け逃げて行く。だがそのなかにあって、こいつは氷室とは違う意味で、物怖《ものお》じをしないらしい。快活《かいかつ》な目を見開き、杉浦偉須呂《すぎうらいすろ》が彌勒と頭上の窓とを見比べた。

「朝練に出るつもりなら、もう一時間早く来ねえとな」

立ち並ぶ木立越しに、氷室が校庭《グラウンド》を示す。山の全てが所有地だと囁《ささや》かれる校内は、やたらと広い。こんな場所に高校を建てる奴も莫迦だが、進学しちまう自分も阿呆だ。しかも生徒は、むさ苦しい童《どう》貞《てい》野郎ばかりときている。

「あーそりゃ残念」

誠意の欠片《かけら》もなく、彌勒は首裏を手でさすった。

氷室や杉浦と同じく、彌勒もまたアイスホッケー部に籍を置いている。だが部員と呼べるかは疑問だ。早朝練習どころか、彌勒は部活動の一切に興味がなかった。

辺鄙《へんぴ》な山中というだけでもうんざりだが、ここにはそれ以上に面倒なものが存在する。黴《かび》が生えたような規則だ。一人の例外もなく、在校生には部への所属が義務づけられている。彌勒がアイスホッケー部に所属しているのも、そのためだ。便宜《べんぎ》上名を連ねるだけならば、彌勒にはどの部だろうと関係がなかった。

「こんな時間から登校できるなら、いい加減部にも顔を出せ。……上階《うえ》のは、二年か？」

眼鏡を押し上げた氷室が、頭上を示す。

窓の向こうでは、まだなにかを叫ぶ声が飛び交っていた。二階を超える高さから飛んだ彌勒が、無傷でいるためだけではない。不穏な状況を余さず嗅ぎつけるのは、氷室の特技の一つだ。

「知らね」

「誰か死んでんの？　って、そこまでの雰囲気じゃねーか」

目の上に右手を翳《かざ》し、杉浦が上階を仰ぐ。

「つかまだ仁科弟に喧嘩《けんか》売る莫迦がいるってのが驚きだけど」

「売らなくても事故が起きるって話だろ？」

肩を竦《すく》めた氷室に、杉浦が彌勒を見回した。

「怪我《けが》とかしねえわけ？　仁科弟。あの高さから飛んで」

「試してみればぁ」

棒読みにした彌勒に、氷室が長い腕を組んだ。

「杉浦が窓からダイブして怪我したら、空いたポジションお前が埋めてくれるのか？」

「埋めるつったらそいつ窓から捨ててくれるわけ？　ホモビでハァハァ言ってる変態、その方が世の中のためだろーけど？」

「だからあのＤＶＤは俺んじゃねえって……！　男の裸見たって勃《た》たねーし」

適当に応えた彌勒に、杉浦が抗議する。

持ち込まれたＤＶＤを巡り、校内が騒然《そうぜん》としたのは先週のことだ。童貞ばかりを山奥に隔離《かくり》していれば当然だろう。飢《う》えた阿呆がどこで盛《さか》ろうが、彌勒には関心がない。だが今回に限っては、放置できない理由が一つだけあった。それは彌勒にとって、唯一絶対的な理由だ。

「勃たねえ？　選《よ》り好みの問題だろ。更衣室でもガン見してる背中があるじゃねえか。なあ杉浦」

断崖《だんがい》に向け背を押されでもしたように、杉浦がぐっと潰れた声をもらした。

「そ、それって仁科兄のこと？　見るだろフツー」

健康的な容貌を赤く染め、杉浦が真顔で訴《うった》える。

男の裸では勃起《ぼっき》しないと口にしたことは、即座に忘れたらしい。変態の論理は、所詮変態だ。足を振り上げる代わりに、彌勒は氷室に顎《あご》をしゃくった。

「スティック貸せ。キモいから素手《すで》で殴りたくねえ」

「気持ちは分かるが、ここでこいつぶちのめすより、毎日部の更衣室までお前がくっついてくれば、万事解決だと思わねえか？」

氷室の眼の奥で、見覚えのある光が瞬く。遊戯盤を見渡し、駒を動かす者の眼だ。

「部活にも顔出せば、大事な兄貴を四六時中見張れて安心だろ」

にやりと、氷室の唇が初めて笑う。懲《こ》りない男だ。手首に巻いていた髪留《ど》めで、彌勒は枯れ葉色の髪を括《くく》った。

「俺にホッケーやれって話かよ」

「来週末、紅白戦がある」

冷淡な外見に反し、氷室は恐ろしく諦《あきら》めが悪い。アイスホッケーに関しては特にそうだ。部活動に顔を出すよう促《うなが》されるのは、これが初めてではなかった。彌勒がどう返すかなど、氷室にも分かりきっているはずだ。

「キョーミねー」

「苦労してお前を文化部から転部させたのは、兄貴と寮《りょう》でベタベタさせてやるためじゃねえぞ」

器用に、氷室が片方の眉《まゆ》を吊《つ》り上げて見せる。

この不自由な校内に於《お》いて、文化部から運動部への転向は絶対に不可能とされていた。だが脅《おど》せる者の全てを脅し、丸め込める者の全てを丸め込んで、氷室は彌勒を運動部の寮へと移動させたのだ。その目的は一つ以外ない。そもそもこの高校に彌勒を誘《さそ》ったのも、眼の前の男だった。

年子の兄が実家を離れ、全寮制の高校に進学する、と。

氷室から教えられる以前から、彌勒は薄々気づいていた。だが氷室に入学願書を差し出された時、肺を蹴ったのは純粋な驚きだ。彌勒にとって重要だったのは、兄が自分を棄《す》てようとしている事実だけだった。

都合のいい弟でいても意味がない以上、選べる道は一つしかない。だがその選択の末に四月を迎えた時、果たして自分たちにはなにが残されているのか。楽観的な明日があるなど、彌勒は微塵《みじん》も考えてはいなかった。

「うっそォそんな約束したァー？」

まだ目元に落ちる髪を指で弾き、彌勒が白々しい声を出す。

「忘れる脳味噌《みそ》でもねーくせに。先輩《せんぱい》たちもそろそろうるさいんでな。貸しは貸しだ」

諦める気は、毛頭ないのだろう。繰り返した氷室の隣で、杉浦が腕組みをした。

「ある意味すげーよな。まともに部に顔出してないのに、先輩たちもびびって手ェ出せないってどーゆーこと？　まー紅谷《べにや》先輩たちみたく、実害被《こうむ》った人もいるから気持ち分かるけど？」

「で、結局その皺《しわ》寄せが周りに来やがるってわけだ。分かったら大人しく部活に顔出せ。紅白戦にも来いよ。楽しいぜ？　リンクんなかじゃ大人しくする必要はねーし」

まるで、悪徳に誘う蛇だ。

両手を尻ポケットに引っかけ、彌勒は逞《たくま》しい首をぐるりと回した。右耳で氷室の声を聞きながら、脳裏は別の思考を辿《たど》る。氷室の画策の上に、現在の生活が成り立っているのは事実だ。だがそれとは無関係に、何故《なぜ》芝に飛び降りたと同時に、この眼鏡をぶち殺しておかなかったのか。足払いをして、右の拳《こぶし》を顔面にめり込ませる。避けるのを許さず、襟首を摑《つか》んで膝で蹴り上げるのだ。想像というよりも、それは明確な筋書きだった。

理由など、幾らでもある。視界の端に映る空は、これほどまでに青いのだ。

ふらりと、彌勒が半歩を踏み出す。拳を握《にぎ》ろうとしたのと同時に、短い声が上がった。

「あ。仁科君発見！」

ぱっと顔を輝かせた杉浦が、身を乗り出す。

視線を巡らせた渡り廊下に、人影が見えた。

真新しい制服が、すらりとした背中を包んでいる。几帳面《きちょうめん》に制服を身に着けた姿は、禁欲的であると同時に、扇情的だ。

杉浦が声を上げるまでもなく、彌勒にはそれが誰か判別できていた。自分より十ヶ月と少し早く生まれた、実の兄だ。

不意に焦点《しょうてん》が合うかのように、視界が鮮明さを増す。よく知った、感覚だ。ぬれたような髪の黒さと、それが落ちる項《うなじ》の白さに視線を惹きつけられる。近くで眼にしたなら、淡《あわ》く透ける血管の色まで見て取れるはずだ。

新緑を渡った風が、少し青褪《ざ》めた瞼を撫《な》でる。わずかに、兄が目を細めるのが分かった。薄闇を溶かしたような目の色が、穏やかに陽光を弾く。

「仁科君、もう着替えてたんだ。そう言や宿題の質問がどーのとか言ってたもんな」

渡り廊下を見上げ、杉浦がうっとりと呟いた。

高い位置にある廊下を、ほっそりとした影が横切ってゆく。二秒にも満たない、短い時間だ。地上に立つ彌勒たちに、気づいた様子はない。この距離で彌勒たちが兄を判別できたことこそが驚きなのだ。

「目、よすぎだろ杉浦」

呆《あき》れたように氷室がもらす。そう言う氷室の眼にも、兄の姿は映っていたはずだ。

「よすぎつーほどじゃないと思うけど。仁科君、マジきらきらしてるし。むっさい野郎ばっかの山んなかにいると、目の保養には過敏になんだよ。フツーだろ？」

真顔で同意を求められても、氷室は首を縦には振らなかった。

「度がすぎるとフツーにキモい」

「あのさ、俺仁科君に襲いかかりてぇとか、ンなこと一ミリも思ってねえから。リスペクトしてるだけ！　毎朝毎朝朝練は一番乗りだし、部室でだって教科書開いてることもあるし、あんな努力家、他にいねえ」

杉浦が並べ立てた通り、今朝も吉祥は誰よりも早く校庭に出ていたはずだ。勤勉さや真面目さ。美徳と呼ばれる特性の多くを、兄は兼ね備《そな》えている。そのどれもが、彌勒とは無縁のものだ。

「イイ話だけどよ、杉浦。生まれ変わるなら大金持ちの莫迦息子と吉祥のシャツ、お前どっちになりてえ？」

「ちょ…、仁科君のシャツって…」

なにを想像したのか、透けて見えそうだ。前のめりになった杉浦を、氷室が視線で示した。

「分かったろ。放課後は部活に顔出して、こーゆー変質者から兄貴を守ってやれ」

「ここで殴れば、話早いんじゃね」

上手《うま》い具合に靴《くつ》底で蹴れば、悪いものも付着しなさそうだ。顎下に視線を定めると、氷室が首を横に振った。

「それもリンクでやれ。上階の奴らも、やりすぎねぇよう加減して殴ってやってんだろ？　そんな気遣《づか》いもリンクじゃ無用だ。ホッケーは殴り合い公認のスポーツだからな。スバラシー話だろ？」

素晴らしさなど、この世界では稀有《けう》だ。纏めて蹴り倒すのも面倒で、彌勒は杉浦を見た。

「リンクのなかなら殺してもいーの？」

くあ、と欠伸が込み上げる。首裏を手で掻《か》くと、鐘の音が響いた。始業時間が近いことを教える予鈴だ。

「今度ルールを教えてやる。紅白戦。来週末だ」

氷室の声を、背中で聞く。応える必要も感じず、彌勒は芝を踏んだ。

真《ま》っ直《す》ぐに伸《の》びた、廊下を進む。

年期の入った寮の床は、艶《つや》やかな飴色をした桜材だ。時代がかった硝子《がらす》製の照明器具から、やや不似合いな蛍光灯の明かりが注いでいる。

夕食を終えたばかりの寮内は、開放的な空気に包まれていた。過酷な練習からも、学業の息苦しさからも離れられる時間なのだろう。そのどちらにも、彌勒は関心がない。

左手の扉の一つが開き、喧《やかま》しい声がこぼれた。数人の生徒が部屋から出ようとして、ぎくりと足を止める。廊下を行く、彌勒を見つけたからだ。

見知った顔の幾つかが、関わりを避けたそうに歪《ゆが》む。紅谷とか言う、同じ部の上級生だ。部内でもそこそこ目立つ、明るい髪をしている。その後ろに続いているのも、同じ部の部員らしい。互いに小突き合った挙げ句、引き返して扉を閉じた。

どうでもいいことだ。視線を振り向けもせず、彌勒は目的の扉に手を伸ばした。

掲げられた金色の金属板《プレート》に、自習室と書かれている。朝から晩まで運動漬けにされている童貞共には、全く用などなさそうな部屋だ。あまりにも需要《じゅよう》がなさすぎて、出入りするのは一人隠れてオナニーする輩《やから》くらいではないのか。

どうでもいいことを考えながら、彌勒は扉を開いた。

重厚な木製本棚が、視界に映る。光沢のある机が数台、壁際と部屋の中央に並べられていた。窓際の席には、ちいさな間仕切りが設けられている。書斎か図書室を思わせるそこには、意外なことに数人の生徒がいた。

「……仁……」

息《の》を呑む音が、ありありと聞こえる。入室した彌勒に気づき、幾つかの視線が入り口を振り返った。教科書を広げている者もいれば、そうでない者もいる。背の高い上級生が、手にしていた眼鏡を取り落とした。アイスホッケー部の部長だ。御厨《みくりや》とか言っただろうか。

「じじじじじゃあ、頼んだぞ…」

がっしりとした体つきとは裏腹に、御厨の声が上擦って響いた。厳《いか》つい容貌に対し、やたらと温厚そうな目をした男だ。胃に右手を当てた御厨が、そそくさと戸口に直行する。他の連中も、似たようなものだ。教科書を広げていた者も、大急ぎで荷物を抱えて部屋を出て行く。

「勉強熱心ですことー」

閉ざされた扉を眺め、彌勒はぶらぶらと部屋の中央に進んだ。静まり返った部屋のなかに、一つきり人影が落ちている。

「珍しいな。なにしに来たんだ、彌勒」

世界は、窓も扉も持たない四角い箱だ。密閉されて堆積《たいせき》した空気を、唐突な風が掻き回す。

涼しげな声音に、口元が解けた。

抑制の効いた、なめらかな声だ。世話を焼き慣れた物言いは、偉そうな響きを隠さない。それがかえって甘く、幼げに聞こえた。

「自習室でお勉強がてら、オナニーでもしよーかと思って？」

にやにやと笑う彌勒に、形のよい眉間が歪む。

　吊り上げられた眦《まなじり》までをくっきりと、艶のある睫《まつげ》が縁取っていた。化粧を施す必要など、少しもない。歪みのない鼻筋も、均整の取れた頬《ほお》の高さも、仁科吉祥の容貌は完璧なものだった。

「また下らない冗談を…！」

「どーして冗談だと思うわけぇ」

　だらしなく応え、背後から兄を覗き込む。真っ直ぐにここに向かったのだろう吉祥が身に着けているのは、まだ真新しい制服だ。堅苦しい寮生活のなかでも、一際お堅く見える。だがそれが兄にはよく似合っていた。

「黙れ。自習室は私語禁止だ」

　むっと口を噤《つぐ》んだ兄の肩口に、伸しかかる形で顎を置く。

　十代の兄弟が距離を詰めるには、やや親密すぎる仕種《しぐさ》だ。だがそれがどうだというのか。ぴくりと揺れた兄の頤《おとがい》に、彌勒は鼻面をすりつけた。

「俺ら以外誰もいねーじゃん。寮の同部屋ってサイコーな。顔会わせてる間は生でヤり放題。お兄ちゃんがいねー間も、そこら中におかず山盛りでヌき放題」

「お……」

　白い首筋からさっと血の気が引き、次に再び赤く染まる。ひんやりとした吉祥の耳元に口を寄せ、彌勒は薄い背中に腰を押しつけた。

「あーもしかしてお兄ちゃんも、オナニーするために来てたわけぇ？　だったら声くれーかけろや。いつでも協力……」

「私語禁止だって言ってるだろ…ッ！」

真下から、彌勒の顎先目がけて拳が飛ぶ。寸前でかわし、彌勒は大袈裟《おおげさ》に呻《うめ》いた。

「…ぶねー」

冗談が通じないことこの上ない。

無論全てが罪のない冗談とは言えなかった。むしろそれはオナニーの件くらいだ。同じ部屋で暮らしているのに、自分でしこしこ頑張る必要がどこにある。

兄なのだ。

まだ寒さが残る早春に、全てをぶち壊す覚悟で歯を立てた。同性の、しかも実兄に欲情するとはどんな変態だ。近親と交わる犬だって、性別が同じ相手には乗るまい。

畜生にも悖《もと》ると言われれば、きっと兄は泣くだろう。だが、自分は違う。この上等な脳味噌は、ただ寒々とした世界を映すにすぎない。

「勉強する気がないなら出て行け…っ」

「怒鳴んなって」

眦を吊り上げる兄を眺め、彌勒が机に尻を載せる。広げられていた教科書を覗き込むと、吉祥が唇を引き結んだ。

「……彌勒、お前今朝なにかあったのか？」

大きく息を吐いた兄が、低く切り出す。顔を上げもせず、彌勒は教科書の頁《ページ》を捲《めく》った。

「上の学年の奴の話？」

煩《わずら》わしい前置きは全部抜きだ。今朝、校舎の踊り場でなにがあったのか。吉祥が尋ねようとしているのは、それだろう。

「…なにがあったんだ」

「なんも」

「揉《も》めたんだろ、お前…」

素っ気ない返答に、吉祥が声を尖《とが》らせた。

「お兄ちゃんに心配かけねぇよーに、ちゃんと殺しときゃよかったな。あの糞眼鏡」

「氷室から聞いたんじゃない。……部長からだ」

大きく首を振った吉祥が、唸《うな》る。

「あーそっち」

さっきまでここに御厨がいたのは、そのためか。

山奥の閉鎖的な校内は、娯楽が少ない。憂《う》さを晴らすのに、新入生は格好の標的だ。規則にも上級生にも敬意を払わない彌勒は、否《いや》が応《おう》でもよく目立った。その上同学年に在籍する兄は、彫刻《ちょうこく》さながらの美貌ときている。これで面倒が起きないはずはない。

煩わしいが、彌勒は別段頓着《とんちゃく》しなかった。莫迦はどこにでもいるし、そうした輩を殴るのにも躊躇はない。

だが兄は違った。

吉祥はなにより、正しい世界を好む。

暗闇に脅かされない、傷のない世界だ。だからこそ守るべき規則があるのなら、誰よりもそれを遵《じゅん》守《しゅ》する。彌勒が拳に宿す暴力は、兄にとっては薄ら寒い過去そのものなのだろう。

「相手は、怪我とか…」

「平気じゃね。別に殴ってねーし」

「…本当か？」

疑り深そうに問われ、彌勒はニットに包まれた肩を竦めた。

「それほどは」

誠実さとは無縁の物言いに、吉祥の双眸《そうぼう》が吊り上がる。もう一度振るわれた拳を、彌勒は首を引いて避けた。

「あっぶねーな！　確かに間抜けが勝手に階段から落ちたりしてたっぽいけど？　でもその程度ですむってすごくね？　努力してんだぜ。お兄ちゃんが喧嘩するなって言うから」

胸を張って主張できることかどうかは、悩ましいところだ。だが彌勒にとって、それはささやかな努力ではない。兄は認めたがらないだろうが、この拳は人を殴るようにできている。飼い慣らそうにも、その従順さは過信などできないのだ。

「……確かに、そうだろうけれど…」

大きく肩を喘《あえ》がせた兄が、歯の隙間《すきま》から声を絞る。木の椅子に体を預け、吉祥が改めて彌勒を見上げた。

「お前が我慢してるのは、分かってる…」

低くなった兄の声に、彌勒が眉を吊り上げる。

彌勒の拳が宿す暴力と、吉祥が折り合いを着けることは難しい。だがそんな吉祥の目にも、このところの彌勒が、ただ闇雲に拳を振るっていないことは理解できるのだろう。

一発目で鳩尾《みぞおち》を打ち抜き、二発目で床に這《は》い蹲《つくば》らせるだけでは満足できない。倒れた体を蹴り上げて、頭蓋が陥没するまで爪先をめり込ませる。その衝動の全てを形にするのは容易だ。だがそうできる機会を得ても、彌勒は欲求に身を任せはしなかった。

全ては眼の前に座る、兄のためだ。

「それに、最近はちゃんと、朝から学校来てるんだもんな」

呟いた吉祥が、白い手を伸ばす。固く引き締まった彌勒の膝を、兄の手が軽く叩《たた》いた。

まるで幼稚園児にでも、なった気分だ。

与えられた声が、穏やかに響く。腿《もも》に触れている手にさえ、性的な意味合いは皆無だ。

「偉いな」

「ナニソレ。お兄ちゃん」

思わず、下唇が尖る。

世の中の規範に照らせば、朝から登校するのはむしろ当然の行いだ。吉祥は学校を休むことは無論、部に遅刻することさえしなかった。それにも拘《かか》わらず、兄は彌勒を褒《ほ》めるのだ。どれだけ、障壁《ハードル》が低いのか。

我ながら呆れてしまうが、だからといって悪い気はしない。

「よく、頑張ってくれてると思ってる。…それで実はな、お前をびっくりさせたくて…」

何事かを思い出したように、吉祥が笑みを深くする。

本当に相手を驚かせたいなら、こんな前振りは逆効果だ。時々兄の素直さは、彌勒の理解を超える。

だがこれほど嬉《うれ》しそうな吉祥を眼にできるだけで、十分驚きだった。

「なに？　びっくりって」

右足の踵《かかと》を机に引っかけ、吉祥を覗き込む。黒い兄の目が、誇らしそうに輝いた。

「外出許可だ」

「……………あ？」

右膝に顎を置き、彌勒が首を傾《かし》げる。

「今度の火曜、休みだろ。その日の外出許可がもらえたんだ。勿論《もちろん》、お前の分も」

山奥にある高校は、牢獄《ろうごく》と同じだ。物理的に街から隔絶されている上に、自由な外出も禁じられている。校外に出るためには、特別な理由とその許可が必要だった。なかなか発行されない公の外出許可証は、在校生にとって垂涎《すいぜん》の的らしい。

だが彌勒は、そんなものを必要としない。好きな時に車を呼び山を下りるのに、誰の許可が必要だというのか。

「外出許可、ねえ」

「堂々と出かけられるんだぞ。嬉しくないのか？」

規則に反して校外に出たとしても、彌勒にはなんの罪悪感も後ろ暗さも感じない。だが糞真面目な兄は、そうはいかないのだ。

「つかさ、それってデートしよってことだよな」

椅子の座面を踏んで、吉祥を覗き込む。全く予想外であったのか、きょとんとした目が自分を見た。

「デ……」

弟である自分とこんな関係になった今でさえ、兄はデートという言葉にすら免疫《めんえき》がない。見る間に赤くなった吉祥の頭を、両腕で摑む。

「なーそーだろ。どこ連れてってくれんの？」

覗き込む双眸は、いつでもとろりとぬれている。それでいて清潔《せいけつ》なのだから始末に悪い。二の句を継《つ》げずにいる兄に、彌勒は大きく身を乗り出した。

「…ちょ…っ…」

ちゅっと音を立て、唇に唇を押し当てる。

やわらかい唇が、息と共に跳ねた。首を引こうとするのを追い、先程よりも深く口を重ねる。

「ん…ぁ…」

舌を動かしても、口紅の味などまるでしない。荒れのない上唇をつるりと舐《な》めると、椅子に座ったままの体が竦んだ。口腔《こうくう》と同じくらい後頭部が甘く痺《しび》れて、急《せ》くように彌勒が机を下りる。

「…こ…」

唇の表面を舐めるだけで、気持ちがいい。だが内側に入り込みたいと思うのは、本能だ。ぬっと舌を突き出すと、反らされた喉が苦しげに鳴った。

そんなことにも、興奮する。男の唇を吸っただけでいい気分になるなんて、あり得ねえ。そう思うのに、血中を高揚《こうよう》が満たした。

「ふ……」

ぺちょりと、縮こまる舌を舐め回す。強張《こわば》っていても、ぬるつく舌はやわらかくて甘い。角度を変えて吸い上げると、声になりきれなかった息が兄の舌先をふるわせた。

「…っ、ん……、ぁ…」

ひくつく舌先を好きなだけ吸い、ずるりと口腔から舌を引き抜く。ぬるい唾液《だえき》が口角からあふれ、吉祥が驚いたように右手を持ち上げた。

「彌…」

「やっべー超楽しみ。お兄ちゃんとのデート」

口を拭おうとした吉祥の手に、高い位置から鼻面を押しつける。それは衒《てら》いのない本心だ。形のよい兄の指の関節が、ひんやりとして鼻先にこすれた。

「……わ、分かった、から退《ど》……」

口元を拭った手が、弟を退けようと顎を押し返す。白い吉祥の掌《てのひら》に、彌勒は犬みたいに歯を当てた。

「…っ、こら…っ…」

「私語禁止だったんじゃね、ここ」

皮膚の薄い場所は、大抵吉祥の過敏な部分だ。耳殻《じかく》に口をすりつけると、びく、面白いほど体が跳ねる。

「わ、分かってるなら、退け…っ」

立ち上がろうとする吉祥を椅子に縫いつけ、彌勒はその腰に腕を伸ばした。

「あー俺んことは気にしねーで勉強してて？」

「な……」

がちゃがちゃと兄のベルトを鳴らし、器用な指先で釦《ぼたん》を弾く。床に片膝をつくと、吉祥の容貌から
さっと血の気が引いた。

「お前、なに、やって…っ…」

「邪魔しねーから」

機嫌よく笑い、吉祥の腰から制服を摺《ず》り下ろす。下着ごと引くと、一息に腿のつけ根までが露出した。

「ちょ…！」

椅子の上で、引き摺られた兄の腰が手前に迫《せ》り出す。開いた膝の間に体を割り込ませると、立ち上がれないよう左の膝を抱えた。

「お兄ちゃんおかずに、オナニーするだけだからよ」

左手で、器用に自分のベルトを外して見せる。ふるえ上がった吉祥の股座《またぐら》に、彌勒は顎先をすり寄せた。

「ば、莫迦言う、な…ッ」

シャツの裾から、陰毛の生え際が微《かす》かに覗いている。パンツを引き上げようと暴れる兄を無視し、

中途半端なそれをさらに摺り下ろした。

「い…っ…」

「あーじゃ、俺も自習室で保健体育のオベンキョー？」

ここが、どこであるのか。今更突きつけるまでもない事実を口にすると、高く息を呑む音が吉祥の唇からもれた。

「…お…、お前…」

吉祥が座る席からは、自習室の入り口がよく見える。彌勒の体が辛《かろ》うじて机の陰に入っているとはいえ、見つかれば言い訳のできる状況とは思えない。

「童貞共が気ィ利かせて入ってこられなくなるくれー、でっかい声聞かせてやりてぇ？」

内腿に歯を当てると、吉祥の双眸が壊れそうに揺れた。

先程の御厨たちのように、吉祥に用がなければこんな部屋を訪れる者はいない。声がもれる心配はあるが、彌勒の在室が分かっていれば、断末魔の悲鳴が上がったところで飛び込んでくる猛者《もさ》もいないだろう。

「莫……、本当…に…」

「お兄ちゃん次第じゃね」

青褪める吉祥を上目遣いに見上げ、股間に顔を伏せた。兄にも分かるよう口を開き、指を使うことなく陰茎《いんけい》を探る。

「ひぁ…っ…」

固い椅子の上で、痩《や》せた体が竦み上がった。

下着に包まれていた兄の陰茎は、内腿よりあたたかい。畏縮し、力ないそれを唇で挟む。

「…よ…せッ」

「私語禁止なんだろ」

にべもなく切り捨てて、ぬるりと舌を使って掬《すく》い上げた。

彌勒にいじられる以外、一度も使われたことのない肉だ。細身に思えるそれは、若々しい色と形をしている。体の全ての部位がそうであるように、自分の陰茎とは少しも似ていない。

「あっぁ…っ…」

弟の頭を引き剝《は》がそうともがいた吉祥が、ぎくりとして動きを止める。視線を下げた拍子に、自らの陰茎とそれを舐める彌勒の口腔が視界に飛び込んだのだろう。撲《う》たれでもしたように、兄が背中を丸めた。

「かーいい色」

吉祥の視線に気づき、ちゅぱ、と粘っこい音を立てて先端に舌を絡める。

「放…っ、そん…な…っ…」

泣きそうな声が、耳を打った。実際、もう半泣きだ。

鳥肌を立てている吉祥の腿に、ぞろりと顎をすり寄せる。

性交によって刺激を得られると学んで以来、彌勒は人を殴るのと同じように女と寝てきた。それはそれで度がすぎているが、兄の禁欲ぶりも極端だ。潔癖《けっぺき》と、そう呼んだ方が正しい。

自分という弟を持つと、そんな形に作られざるを得なかったのか。誰の采配《さいはい》かは知らないが、吉祥は健康な十代が抱くべき衝動を持ち合わせているかも疑わしかった。

「そんなって、これお兄ちゃんのチンポだぜ？」

大きく舌を突き出して、ぐりぐりと先端を揉んでやる。揺れるのが面倒で指を添えると、吉祥の踵が浮き上がった。

敏感な陰茎は瞬く間に充血し、ぴんと角度を持ち始めている。その様子を思い知らされること自体、辛《つら》いのだろう。兄は性交全般に戸惑うが、なかでも口でしゃぶられることには過敏だ。彌勒の舌がお気に召さないわけではなく、気持ちがよすぎるのが辛いらしい。性器を口腔に含まれる、という行為そのものに罪悪感と嫌悪感があるのだろう。こんなに勃起させているのだからもっと強請《ねだ》れば可愛《かわい》いものを、下腹に顔が当たるだけで狼狽《うろ》たえた。

「やめ…っ、汚……」

訴える兄を楽しみ、ずず、と音を鳴らして先端を吸う。懸命《けんめい》に顔を引き剝がそうとする指に構わず、添えた指で括《くび》れをさすった。

「あ…っ」

「汚ねーってコイツ？　確かにンな恥ずかしい汁だらっだら垂《た》らしたら、椅子までぬれそーだなオイ」

喉の奥で笑い、陰毛を湿らせ始めた体液を舐め上げる。彌勒の唾液だけでなく、陰茎を伝う体液がくちゃ、と重い音を立てた。

「…いっ…」

XIV

射精したそうに、痩せた体がびくつく。汚い言葉の一つにも打ち拉《ひし》がれ、兄は眦を潤ませた。それによって性感を煽《あお》られている自覚があるとは思えない。

こんな吉祥が、弟と性交するためにえげつないゲイビデオを入手してくるのだから、頭の痛い話だ。高校に進学するのを機に、彌勒がその体に手を伸ばさなければ、兄はいまだに性的な問題と自分は無関係であると信じ、すごしていたに違いない。

「先っぽだけじゃなくって、根本までくわえてねーと余計垂れちまう？」

膨《ふく》れた先端を口腔から出し入れし、尋ねてやる。もう逃げ出す余裕もない吉祥が、枯れ葉色の髪をきつく握った。

「…う、っぁ…、吸う、な……」

「えー、ちょっと痛ぇくれのが好きなんだろ？　お勉強、全然手についてねーぜお兄ちゃん」

ふるえる腿を引き寄せ、椅子と尻の間に掌を差し込む。机に眼を向ける振りをすると、吉祥の背中が軋《きし》んだ。

「ん…ぁ、黙……」

「そんなにイイわけぇ、俺の舌」

陰茎に舌を当てて喋られるだけで、堪らないのだろう。気持ちよさそうな液が、いくらでも染み出してくる。今すぐにもはち切れそうだが、少しでも長く引き延ばしてやりたくて、舌の動きがのろくなった。

「ぁ…、も、こん、な…っ……」

「こんな場所で弟にフェラされんの、サイコーってか」

　肩を揺らして、差し込んだ掌で尻穴を探る。

「う…っぁ…」

　声が高くなるのと同時に、内側へと窄《すぼ》まる穴が指に触れた。皺を寄せたそれは、周囲の皮膚とは明らかに手触りが違う。中指の先端で前後に押し揉むと、ぶるりと鼻先で陰茎が撥《は》ねた。

「はは、すっげマジイきそ」

　低い位置でにやつくと、涙《なみだ》の膜《まく》に覆われた目が歪む。いつもとは違う視線の高さを味わいながら、彌勒は尻穴に中指を食い込ませた。

「…ぁ…、駄目、だ、抜……」

　怯《おび》えきった声が、唇から押し出される。

　指から逃れようと、腰を浮かせるのは逆効果だ。動きやすくなった隙間で、ぐぬ、とやわらかな肉を指が押した。

「い、…は…っ…」

　狭い穴が、辛うじて第一関節近くまでを呑み込む。クリームやジェルを使うのとは違い、ぬめりが少ない分締めつけが強い。尻穴が指を締める動きに合わせ、びく、と陰茎が小刻みに撥ねた。

「お兄ちゃんよかチンポの方が素直じゃね。突っ込んでって言ってんぜ」

　教えるように、ぐにぐにと指を揺らす。満足なぬめりがない以上、これ以上突き入れても快感が多いとは限らない。それでも健気《けなげ》な陰茎は、尻穴を揉むたびぴくぴくと引きつった。

「…黙…れ…っ…」

鼻声でしかない罵声《ばせい》に、腹側へと指を曲げる。

「…い…ぁ……」

「ケツいじられながら、オトートの口でイっちまえ」

限界まで膨れた陰茎を、ぐぷりと音を立ててくわえてやった。先端を舌の平でこすりながら、深い位置まで含む。複雑な形をした口蓋で圧してやると、呆気《あっけ》なく抱いた体が跳ねた。

「…あ、あー…」

脹《ふく》ら脛《はぎ》まで強張らせ、吉祥が射精する。

引き出すことなく、びくつく肉を舌に乗せて吸い上げた。

「ぁっ…、く…、…ん…」

吉祥が跳ねる動きに合わせ、口腔に精液が吐き出される。もっと深くまでくわえて欲しいのか、痩せた腰が浮き上がった。吉祥自身が意識しなくとも、肉体の反応は素直だ。指の腹で尻穴を揉み、褒めるように陰茎を舐めてやる。

「ふ…、ぅ、うぅ…」

ぐったりと体が椅子に沈んでも、彌勒は兄の陰茎を啜《すす》った。つけ根から舌を絡め、唇を使って搾り上げる。

「…も……、や…」

無防備な泣き声を聞きながら、ぬるんと陰茎を抜き出した。唾液と精液がこぼれて、白い腿に伝う。

ぬれきった陰毛を眺め、彌勒は口腔に溜《た》めた精液を飲み下した。

ごくりと、わざとらしく響かせた喉音にさえ、吉祥の体が竦む。

「すっげー量。溜めすぎだろ」

兄の膝に顎を乗せ、ぬれた口元を拭って見せた。実際精液の量になど、大した差があるわけでもない。むしろ吉祥の陰嚢《いんのう》をてらつかせているのは、彌勒の唾液だろう。だがそんなことは、兄にとってなんの助けにもならない。弟の口に吐き出した現実だけで、十分なのだ。

「う…、っ…う……」

力なく呻くくせに、上気した目元が艶《あで》やかで喉が鳴る。

敏感な体は、入念に扱《あつか》ってやればどろりと蕩《とろ》ける。それは当然のことだが、なにも知らない兄が自分の指や舌で突き崩されてゆく様子は、理屈抜きに気分がいい。にやつく口元を丁寧に舐め取って、彌勒は床から立ち上がった。

「もっと出してぇ？」

充血した目を覗き込むと、吉祥がちいさく息を詰める。脳髄《のうずい》を揺るがす血流が、指先にまで興奮を行き渡らせた。力なく瞬いた兄の目が、思わずといった動きで彌勒の腰を捉える。吉祥が顔を背ける前に、彌勒はニットの裾に手を入れた。

「あーコレ？　お兄ちゃんがあんまかーいいから、自分のヌくの忘れちまった」

ニットの下で摑んだ陰茎が、どう形を変えているのか。そんなことは吉祥にも容易に想像がつくはずだ。

「そ……」

「見ててくれる？　俺がお兄ちゃん舐めてでっかくなったチンポ、ヌくとこ」

「…な…、ぁ、ここ…」

丈の長いニットを捲ろうとすると、吉祥がぎくりとして顔を上げた。こんな状況で、まだ自習室に留《とど》まるつもりか。大きく慄《おのの》いた兄に、彌勒は硬《かた》くなった陰茎を押し当てた。

「…ぁ…」

「ナニ？　手伝ってくれんの？」

動けずにいる吉祥の肘《ひじ》に、ずるりと腰をすりつける。布越しでもはっきり形が分かるのか、吉祥が打ち払いたそうに体を揺らした。だがたった今自分が吐き出した立場では、弟を詰《なじ》りきれないのだろう。

「なん、で、…こんな……」

「イイ弟でいんのに、息抜きも大事じゃね？」

精液の味が残る口を、べろりと舐めた。反論を迸《ほとばし》らせようとした吉祥が、苦しそうに睫を伏せる。

「……に…」

「あに？」

細くもれた声に首を傾けると、ぬれきった目が弟を睨《にら》んだ。だがすぐに観念したように、瞼が充血した目を隠す。欲望に蕩けない双眸とは対照的に、目尻を染める赤さに下腹の重さが増した。

「…部屋……に……」

きつく目を閉じた兄が、絞り出す。誘うと言うには、あまりに色気がない。だがそれだけで、射精できてしまいそうな自分が可笑《おか》しかった。

「ダイスキ。お兄ちゃん」

真っ赤に染まった吉祥の首筋に、口を寄せる。清潔な兄の項に鼻先を埋め、彌勒は深く息を吸い込んだ。

「騙《だま》したのね」

恨《うら》み言が、棒読みになる。

コンクリートの床に立ち、彌勒は照明が灯《とも》る天井を見上げた。

「なんか言ったか？」

晴れやかな声が、振り返る。なんだ、その笑顔は。

外出許可を手にした吉祥が、彌勒を連れ出したのは確かに校外だった。タクシーを拾おうとしたが拒まれ、バスに乗る。本数の少ないバスを待つのも、兄と一緒なら悪くはない。だが辿り着いた先がここことは、どういうことか。

「……予想してたっちゃ、予想してたけどよ」

足取りも軽い兄の背に、投げ遣《や》りな溜め息を吐く。

祝日の空は、腹が立つほどよく晴れていた。早い時刻にも拘わらず、降り立った駅前は多くの人間であふれている。訪れた大型複合施設も、似たようなものだ。

「思ったほどは混んでないな」

嬉しそうに、吉祥が声を弾ませる。

当たり前だろう。こぞって屋外に出たがるこの季節に、誰が好きこのんでこんな場所に来る。屋内である上に、この寒さだ。

「ちょっとお兄ちゃん、デートコースのチョイスサイテーよ？」

上着のなかで体を縮め、苦情をもらす。

彌勒が身に着けているのは、黒い革の上着だ。腕に英国旗の縫い取りがあるそれは、そこそこあたたかい。

だが自分が女だったら、今日の評価は最悪だ。初夏とも呼べないこの時季に、アイスリンクを選ぶ莫迦がどこにいる。

「最低なわけあるか。楽しいぞ」

請《う》け負った兄が、観覧席に鞄《かばん》を下ろした。

ちいさくはない鞄の中身が、なにであるか。この鞄を手に兄が現れた時に、気づくべきだった。否。本当は気づいていたが、現実を直視することを頭が拒んだのだ。

「そりゃテメェは楽しーだろーよ。俺の純情弄《もてあそ》んで」

一般滑走客も疎《まば》らなリンクを見回し、彌勒が毒づく。

アイスリンクは、吉祥にとって特別な場所だ。

大切な日に訪れる、特別な空間という意味ではない。実家にいた頃から、吉祥は暇《ひま》さえあればリンクに通っていた。それは日常に密着した、実用的な場だ。同じアイスリンクでも、照明に飾られた屋外でクリスマスツリーを眺めながら滑るのとはわけが違う。

「そーゆーデート、期待したわけじゃねーけど？」

自分の想像に、彌勒はぶつぶつと唸りをもらした。

どんな女が相手だろうと、寒空の下でスケートなどそれはそれで御免被る。だが親子連れがはしゃぐアイスリンクに比べれば、デートという言葉の甘さには適《かな》うはずだ。

「嬉しくないのか」

上着のファスナーを引き上げた吉祥が、不思議そうに尋ねる。

自分の頭も相当欠陥品だが、兄もなかなかのものだ。ここまで天然だと、がりがりと旋毛《つむじ》から囓《かじ》ってやりたくなる。

「嬉しーわけあるかよ」

白い歯を剝《む》き、彌勒は親指でリンクを示した。

「なんだ？」

「犯すぞクソ兄貴。どうしてあいつらまでいるんだよ…ッ！」

首を傾げた兄に、彌勒が鋭い舌打ちを聞かせる。

リンクの脇《わき》に、見知った一団がいた。暗がりを切り取ったような黒髪の男が、一際目を惹く。靴紐《ひも》を締めていたデニムの学生が、吉祥の視線に気づき大きく手を振った。

「今日は校内のリンクが使えないからな。少しでも氷上練習がしたいんだろ」

満面の笑みを見せる杉浦に、吉祥が手を上げて応える。リンクに下りた黒髪は、言うまでもなく氷室だ。その後方では同じ部の一年生が数名、私服姿で準備体操をしている。

施設の入り口で奴らを眼にした時、彌勒が踵《きびす》を返そうとしたのは言うまでもない。早朝の走り込みを終えてから出かけた兄とは違い、氷室たちは一本早いバスで山を下りたようだ。

「だったらよそでやれっての」

吐き捨てた彌勒に、吉祥が困ったように唇を歪める。

「ここが一番出てきやすいんだ。紅白戦も近いし」

わがままな弟を宥《なだ》める声で、吉祥が真新しい貸し靴を差し出した。

十ヶ月という半端な年齢差は、彌勒にとってあまり意味がない。学年が同じこともあり、吉祥を年長者だと意識する機会はほとんどないのだ。だが吉祥は、あくまでも兄だという自覚があるらしい。

なにその手を焼きながらも甘やかす顔。

靴をはたき落とすこともできず、彌勒は唇を引き結んだ。

「知るかよ」

悪態で返すが、目元が赤くなりそうだ。

年上ぶって自分を宥める兄は、腹が立つが嫌いではない。口うるさい小言でさえ、概ね愛《いと》しくあるのだ。自分の莫迦さ加減に呆れつつ、彌勒は階段を下りた。

「なんか仁科君の私服にスケート靴ってエ……新鮮」

リンクの入り口から、声が上がる。

手摺《てす》りを使って体を伸ばしていた杉浦が、うっとりとこちらを見ていた。

「防具なしだと、ちょっと怖いよな」

準備体操を終えた吉祥が、上着をつまむ。

兄が身に着けているのは、ベルトがついた灰色の上着だ。ゆったりとしたフードが、項のうつくしさを際立たせている。アイスリンクで防具を着けていない吉祥を見るのは、彌勒にとっても久し振りのことだった。

「俺、まだ防具着けてる方が変な感じだけど」

あっけらかんと笑った杉浦の後方を、黒い影が横切る。

「防具はともかく、靴が先だろ」

杉浦の足元を一瞥《いちべつ》し、氷室が手摺りを摑んだ。

校内では最後までマフラーを巻いていたくせに、今日の氷室は上着を身に着けてもいない。アイスリンクのなかでは、寒ささえ問題ではなくなるのか。

「そういえば、杉浦はまだ競技用の靴使ってるんだったな」

靴紐を締め直した吉祥が、杉浦の足元を覗き込む。

アイスホッケー部に移る以前、杉浦はスピードスケート部に所属していた。文化部から運動部への移動よりましとはいえ、競技転向は簡単ではない。なかでも杉浦は、全国大会規模で好成績を収めてきた選手だ。校内のみならず引き留める関係者は多かったらしいが、下らない騒動をきっかけに、杉浦はスピードスケート部に見切りをつけた。

「折角《せっかく》外に出れたから、今日買いに行こうかと思って。仁科君、午後の予定は？ …って、嘘《うそ》。超忙しいよね。テキトーに誰か誘って行ってくる」

目を輝かせた杉浦が、すぐに言葉を呑み込む。吉祥の背後に立つ彌勒の眼光に、慌てたように目を逸《そ》らした。

「相談があればいつでも言ってくれ。それに前も言ったけれど、俺のことは吉祥でいいぞ。兄弟揃《そろ》ってると紛《まぎ》らわしいだろ」

黒い双眸を瞬かせ、吉祥が彌勒を振り返る。

「えッ。…じゃ、じゃあ………吉…祥…」

さっと顔を赤くした杉浦が、上擦る声で繰り返した。

間髪入れず、がつりと大きな音が響く。手摺りの壁を蹴りつけた彌勒に、杉浦が飛び退《の》いた。

「き、吉祥…、君ッ……！ や、吉祥…様…！」

「こら彌勒！ 危ないだろ」

咎《とが》める吉祥の声も、勿論無視だ。

「オトートは履ける貸し靴、あったのか？」

肩を竦めた氷室に、吉祥が頷《うなず》いた。

「一応な。俺の靴を貸してやりたかったけど、サイズが合わないかもしれないし」

「あのさ。素朴な疑問なんだけど、仁科弟…や、彌勒君って…」

尋ねようとした杉浦が、向けられた彌勒の眼光に体をふるわせる。

「み、彌勒…さんッ、って、スケートできんの？」

すぐさま訂正した杉浦が、恐る恐る首を傾げた。今更と言えば今更な問いに、氷室もまた弟を振り返る。

「心配ない。こいつならすぐ上達する」

迷わず請け負った吉祥が、肩越しに弟の頭を叩いた。

今は滑れないが、すぐに上達する、と。それは彌勒が未経験者だと、肯定する言葉だ。

「……マジ!?」

「賭《か》けるか？」

目を見開いた杉浦に、氷室がにやりと笑った。

「氷室！」

窘《たしな》めた吉祥に手を上げ、氷室が氷を蹴る。

「期待してるぜ。みっちり仕込んでやれよ、吉祥先生」

氷室に続き、杉浦もまた振り返りながらリンクを横切った。

リンクの奥はコーンで仕切られ、一般客の滑走が制限されている。部員を含めた何人かが、アイスホッケー用のゴールを囲んでいた。防具を着けている者はほとんどいないが、一般滑走客の少ない時間を狙い、リンクの一部を借りているのだろう。

「糞眼鏡、殺す」

低くもらした彌勒を、吉祥がリンクへ促した。

「あいつらのことは気にするな。…やっぱり防具があった方がよかったか？　転んでも痛くないし」

かつりと、吉祥が音を立ててリンクに下りる。兄を追い、彌勒もまた白い氷に金属の刃を立てた。

「転ばねーし」

吉祥を摑もうと踏み出すと、つい、と、歩幅が開く。

思いがけないなめらかさで刃が滑り、彌勒は慌てて傍らの手摺りに縋《すが》った。

「大丈夫か!?」

「だ、大丈夫に決まってんだろ…ッ」

膝をつく寸前で手摺りにしがみつき、彌勒が怒鳴る。

あり得ねえ。なにこの莫迦さ加減。小学生以来とはいえ、なしだろこいつは。横滑る左足をなんとか氷に乗せると、辛うじて体が安定した。

「やっぱり必要だったな、防具」

もう一度怒鳴ってやろうとした視線の先で、吉祥が笑う。

だからなんだ。その晴れやかさは。

唇を真横に結び、彌勒は兄を睨み上げた。だが悔しいことに、手摺りに摑まっていないと上手く体を支えていられない。

「いらねつってんだろ」

「変に体捻るより、素直に転んだ方が怪我が少ないんだぞ。防具あると、痛くないだろ」

彌勒の悪態に、兄が右手を差し出す。

「…ナニコレ」

「足はハの字に開くんだ。視線を上げて腰を落とせば、転ばないから」

そうではなく、この手はなんだ。

上目遣いに見た彌勒に、兄だ尚も手を差し伸べた。摑まれと言うのか。

目眩《めまい》がした。

今靴の下にまともな地面があったら、即座に吉祥の襟首を摑んで嚙りついてやるところだ。

「怖くないから。ちゃんと支えてやる」

顳顬《こめかみ》の奥、後頭部に近い場所がぐらぐらする。

反則すぎるだろ、お兄ちゃん。

まるで幼稚園児に手解きする、小学生みたいだ。吉祥にとっては、いつまで経《た》っても自分はちいさな弟で、吉祥はそれを守る兄なのだろう。そしてその務めを全うできることが、吉祥には大きな喜びなのだ。

なんて莫迦で、度しがたい。

唇を引き結び、彌勒はふらつく足で手摺りを離れた。腕を伸ばし、兄の手を摑む。握り返した吉祥が、ゆっくりと氷を蹴った。

「そうだ。膝、内側に入れる感じで」

「…吉祥の膝触らせてくれたら、もっとよく分かるかも」

「足ぷるぷるさせながらなに言ってるんだお前」

氷の上だと、俄然《がぜん》吉祥は強気だ。弟に手解きをするという構図が、余程気に入ったのだろうか。しっかりと手を引かれて進むと、スケート靴の刃が氷を捉えた。

「わ、笑ってられんの、今のうちだぜ」

「そうか？　金属の先の部分を、氷に引っかけないように気をつけろ。貸し靴は、みんなフィギュア用だから」

後ろ向きに滑る吉祥が、自らの靴の刃を示した。

吉祥が履くのは、当然貸し靴ではない。足首までを頑丈に覆うアイスホッケー用の靴には、短くて薄い刃がついている。対する彌勒の靴には、刃の先端にぎざぎざとした溝《みぞ》が彫《ほ》られていた。

「知らねーよ、つかどーでもいい」

顔をしかめて見せるが、フィギュアでもホッケーでも彌勒には大差がない。

兄に倣《なら》い、ゆっくりと足を動かす。確かに先端の溝が、時折氷を掠める感覚があった。緻密な動きをするフィギュアスケートと、速さを必要とするホッケーでは靴に求める機能が違うのだろう。

「最初からホッケー用ので滑る方がいいんだけどな。取《と》り敢《あ》えず、今日は氷に慣れるだけでもと思って」

「やっぱ目的はそれなのね」

呻いてみせるが、腹を立てるには至らなかった。

兄の頭にアイスホッケーしかないのは、今に始まったことではない。アイスリンクに連れてこられた時点で、純粋にデートを楽しむ気がないのは分かりきっていた。期待していなかったと言えば、嘘になる。だが相手は、吉祥なのだ。

「むしろ自分の練習優先しなかっただけマシってやつ？」

げんなりともらし、彌勒は氷を蹴った。

兄の指が解けて、距離が開く。介助を失《うしな》っても、彌勒の体はぐらつかなかった。足の動きはまだ小刻みだが、手摺りに沿って大きな弧を描く。

「なんか言ったか？」

「リンク以外でもマンツーマンレッスンしてくんねーかなって」

隣に並んだ兄を覗き込み、彌勒はにやりと唇を笑わせた。

速度が上がると、それだけ上半身を安定させるのが難しくなる。時折肩が揺れたが、もう氷に転がる心配はなさそうだ。

「俺の教え方がいいのは否定しないが、上達するの早すぎだろ、お前」

肩を並べた吉祥が、呆れたようにもらす。真っ直ぐに背を伸ばす彌勒は、ほんの十分前までよろめいていたとは思えない。こつさえ摑めば、どうにかなるものだ。がつがつと氷を鳴らし、彌勒は兄に腕を伸ばした。

「嘘。全然無理。滑れねーし」

事実、まだ止まろうとすると体が揺らぐ。大袈裟に前方へと体を泳がせ、彌勒は吉祥の手に縋った。

咎めるように、兄の眉が上がる。だが吉祥は、弟の手を振り払ったりはしなかった。仕方なさそうに息を吐き、手を握り直す。

「転んで泣いたら、かわいそうだもんな」

憎まれ口を叩くくせに、その目元はむしろ嬉しそうだ。自然と、彌勒の唇が解ける。

これが、感情の感応というやつか。単純に、一つの事象を共有しているにすぎないのかもしれない。だがそんなことは、どうでもよかった。

窓のないリンクに充満するのは、硬質で重い氷の匂いだ。それは彌勒の世界を、単純に輝かせたりはしない。だが兄の手を握るだけで、閉塞した空気がゆるんだ。

停滞する世界が、ようやく彌勒の内側と合致する。眼球が捉えた色そのままに、下らない風景が鮮明な像を結ぶのだ。

「キスしてくんねーと泣いちゃうかも」

指に指を絡め、兄を引き寄せる。手を繫《つな》いだまま腰をすりつけようとすると、吉祥が強く氷を蹴った。

「一生泣いてろ」

肘鉄を避けた彌勒の耳に、吉祥を呼ぶ声が届く。

兄が振り返ったのと、彌勒が舌打ちをしたのはほぼ同時だ。赤いコーンの向こうから、手を振る部員がいる。

「ミニゲーム始めるみたいだな。……お前もやってみるか？」

足を止めた吉祥が、黒い目を瞬かせた。振り返りもしなかった彌勒が、首を傾げる。

「あ？」

「休憩中に、ちょっと遊ぶみたいだ。折角だから、お前もパック打ってみろよ」

折角とかわけ分かんねえ。

そう唸る間もなく、肘を摑まれた。軽やかに氷を蹴った吉祥が、彌勒の長身を従えてコーンに近づく。

「誰がやるつったよ」

ぼやいてみたが、有無を言わさず眼の前にスティックを突き出された。同じようにスティックを手にした杉浦が、驚きの声を上げる。

「早っ。普通に滑ってるし、彌勒君。…いや、さん」

物覚えの悪い杉浦を一瞥すると、すぐにもごもごと訂正した。

「言っただろ、すぐ上達するって。五対五か？」

自慢気に胸を張り、吉祥が氷室を見る。

「ゴーリーはなし交替は自由。原《はら》と仁科兄弟、俺と岸辺《きしべ》と残りは杉浦か」

部員を割り振った氷室が、ゴールの中間点にパックを落とした。吉祥を含めた五人と、杉浦たち五人で競うらしい。

「防具着けねえし狭ぇから、怪我すんなよ」

氷室が声をかけると同時に、一人のスティックがパックを打った。すぐに飛び出した吉祥に続き、彌勒も渋々と氷を蹴る。

リンクに散るのは、大半がアイスホッケー部の一年たちだ。何人か社会人らしい年長者も混ざっているが、休日の早朝からリンクに通う物好きだけあって、皆一様に滑りは速い。

「スティックは両手で持て。箒《ほうき》握るのと同じ利き腕でってよく言うけど、右か左かは堅苦しく考えなくていいぞ」

隣に滑り込んだ兄が、スティックを構えて見せる。

「どーせなら違ぇもん握らせろや」

「ほら！　パックが来る」

舌打ちをした彌勒を相手にせず、吉祥が声を上げた。

原と呼ばれた部員が打ち込んだパックが、スティックの間を目まぐるしく走る。固い音を立てて飛んだそれを、彌勒は手にしたスティックで引っかけた。

「キープする時は、スティックの先端を被《かぶ》せろ」

敵軍にも拘わらず、正面を走る氷室がスティックの角度を示す。うるせぇ。パックを打つ代わりに、手にした獲物で陰険眼鏡を殴りつけた方が建設的だ。

「スティック、肩より上に上げて殴んのは反則だって」

リンクの反対側を走る杉浦が、スティックを掲げて叫ぶ。視線を振り向けようとした手元に、赤いスティックが伸びた。固い音を立てて先端同士がぶつかり、パックが跳ね飛ぶ。

「こぼれたぞ！」

氷上を走るパックは、相当に速い。氷を蹴りながら、同時にちいさなパックを支配するのは予想以上に集中力と体力が必要だ。ゴール近くに吉祥の影が映り、彌勒は踵を返した。

「もう方向転換までできるんだ。スゲー」

いつの間にかほぼ真横にいた杉浦が、驚いたように眉を吊り上げる。長身を深く落として滑る杉浦は、他の選手とは滑走姿勢が異なった。体格のよい社会人たちのなかにあっても、杉浦の大腿《だいたい》は太く発達している。柔軟な膝が深く沈むと、瞬く間に距離が開いた。

「偉須呂！」

部員の声に応え、杉浦がスティックを伸ばす。だがパックを掠めたものの、走る速度はゆるまない。勢い余って横滑った杉浦をよそに、原がゴール前へとパックを弾いた。走り出た氷室が、軌道を遮《さえぎ》ろうとする。

「右！」

ゴール前の攻防に、休憩していた男たちからも声が飛んだ。大きく体を撓らせた吉祥が、スティックを突き出す。ぶつかり合いこぼれたパックが視界を横切り、彌勒は姿勢を低くした。

眼の前に滑り出た一人を、反転して避ける。まさかその角度で避けられると思っていなかったのだろう。左側に重心を傾けると、ががが、と鈍い音を立てて金属の刃が氷を削《けず》った。

「彌勒！」

兄の声に、驚きの叫びが重なる。

ほとんど左手が氷に着きそうな姿勢で、深くコーナーを曲がった。敵軍がパックを捉える前に、彌勒はスティックを振り上げた。

「…ッ……！」

がつりと、鈍い手応えが骨に響く。人間を殴るのにも似た、重い感覚だ。

腕の力だけで押し出すには、体勢が悪い。飛び散る氷の飛沫《しぶき》を感じながら、彌勒は背中を撓らせパックを叩いた。

「うわ、スッゲー！」

叫びが弾ける。跳ね上がった黒い塊《かたまり》が、氷室の肩口を掠めゴールへ飛んだ。

「マジかよ」

足を止めた部員たちが、目を瞠《みは》る。恐ろしい勢いで飛んだパックが、音を立ててゴールの縁にぶち当たった。

「おっしー！」

一瞬、静寂《せいじゃく》がリンクを包む。次に、安堵《あんど》と落胆が入り交じった歓声がどっと弾けた。

「すっげー彌勒…さん！　スケート経験ねーとか嘘だろ」

はしゃいだ声を上げた杉浦が、拳を振り上げる。

自軍の活躍か否かは、関係がないらしい。杉浦の目に映るのは、突出した能力への賛辞だけだ。こぼれたパックを掬った原たちも、驚いたように彌勒を見ている。

「惜しかったな！」

息を弾ませた吉祥が、目を輝かせて彌勒に駆《か》け寄った。

「クッソ。もーちょいで眼鏡の頭、かち割れたのによ」

服に飛んだ氷を払い、歯噛みする。

「頭ってお前…！　靴の上から当たっても骨が折れることもあるんだぞ」

生真面目に窘めはしたが、兄の声には明らかな興奮の響きがあった。

リンクにはすでに他の部員が走り出て、ゲームは続行されている。手にしたままのスティックを放り、彌勒はリンクの出口へと氷を蹴った。

「それ聞くと余計惜しーわ」

唇を尖らせ、固い床を踏む。不思議なもので、慣れてくると氷の上よりも足を重く感じた。

「またそんなこと言って。でも本当、すごかったな。分かってたけど、びっくりした」

大きく息を吐いた兄が、満足そうに彌勒を見る。喜びに輝く吉祥の目を見るのは、それだけで気分がいい。冷えた鼻先を、彌勒は兄の襟元にすり寄せた。

「センセーがよかったし？　またしてくんね、個人レッスン」

にやついた弟の肩を、吉祥が打つ振りをする。

「楽しかっただろ」

「まーな。デートコースのチョイス最悪とか言ってごめんお兄ちゃん」

観覧席に腰を下ろし、彌勒はスケート靴の紐を解いた。思い描いていたよりずっと、自分が楽しんだのは事実だ。生意気な彌勒の謝罪に、吉祥が大きな息を吐く。

「よかった。無理してでもお前連れてきて」

薄い唇を綻ばせ、吉祥が弟を見下ろす。

二人分の外出許可を得るのは、吉祥にとっても簡単ではなかったはずだ。吉祥一人分ならともかく、彌勒と合わせてとなると特にそうだろう。なにを申請理由に挙げたのかは知らないが、ここでの自分との時間を得るため、手をつくしてくれたのは確かだった。

「…俺がホッケー始めたら、お兄ちゃん嬉しー？」

今日吉祥がここに自分を誘ったのは、アイスホッケーを勧《すす》めるためだ。

髪を括り直し、彌勒が尋ねる。

アイスホッケーになど、彌勒は少しも興味はない。氷室に誘われても、心は動かなかった。だが吉祥がこうやって自分を誘ってくれたのは、単純に嬉しい。兄が喜ぶなら、同じリンクに立つのも悪くないと考える自分は、あまりに単純だ。

「興味、持ってくれたのか？」

驚きに、吉祥の目が見開かれる。人工の明かりを浴びてさえ、兄の目は艶《つや》やかに光った。

「お兄ちゃん、すげー楽しそうだったし」

「よかった…！」

だからやめろって。そんな顔は。

まるで光が走るように、兄の双眸が笑みに溶けた。あまりに鮮やかで、彌勒の方が気恥ずかしくなる。莫迦みてぇ。こんな感覚は、兄限定だ。

「本当は、少し心配だったんだ。お前がなんて言うか…。でもよかった。先輩たちも、これで納得《なっとく》してくれると思う」

長く息を吐いた吉祥が、細く呟く。言葉の思いがけなさに、彌勒は首を傾けた。

「先輩？」

低くなった彌勒の声に、吉祥がほんの一瞬、唇を迷わせる。だがもう秘密にする必要はないと、そう考えたのだろう。嬉しそうな顔のまま、観覧席を振り返った。

「実は今日、ここに見に来てくれてるんだ。先輩たち」

ぐるりと、吉祥が視線を巡らせる。

示されたその先に、見覚えのある顔があった。

御厨と、昨日廊下で擦れ違った紅谷とか言う上級生だ。他にも私服姿の上級生たちが数人、観覧席に座ってリンクを見ている。

「ナニソレ」

ひやりと、自分の声が冷えるのが分かった。

「お前の処遇《しょぐう》に、先輩たちも困ってて…。部に在籍する以上は一度、お前が滑ってるところ、ちゃんと先輩たちに見てもらう必要があったんだ。紅白戦に出てくれたら一番だけど、それが難しいなら今日ここで、って話になって…」

早い話が、これが彌勒の実力審査《しんさ》代わりだったということか。

無理に部活動に引き出し、暴れられても面倒だが、かといってこのまま放置もできない。紅白戦にも出ないだろう彌勒をリンクに立たせるため、兄との外出を餌《えさ》にされたというわけだ。

「勿論、お前が紅白戦に出てくれれば、すごく嬉しい。どれだけ動けるかを見せるための試合だ。お前の実力や可能性が分かれば、先輩たちも絶対納得する」

熱っぽく誘った兄に、彌勒が長い息を吐く。

近々部内で試合があることは、氷室からも聞いていた。上下関係が厳《きび》しい部活動に於いて、不条理な力関係を払拭する手段は一つだけだ。文句のつけようのない実績を叩き出せば、上級生もちいさなことには目を瞑《つぶ》らざるを得なくなると言いたいのだろう。

下らねえ。どちらにしたって、彌勒には興味のないものだ。

「…そこまでして、俺のことホッケーに誘いたかったわけ？」

氷室と同じく、日頃から兄が自分を部活に誘うことはあった。だが諦めてもいるのだと、彌勒はそう思ってきた。実際、必要だとも思えない。そんな自分をアイスホッケーに誘うため、兄はこんな面倒な策を講じたのか。低く唸った彌勒に、吉祥が迷うことなく頷いた。

「勿論だ。お前が部に来てくれたら、氷室だって助かると思う」

躊躇のない声に、彌勒が動きを止める。

「……助かるってナニ」

咽頭の奥に、声が絡んだ。裏腹に、思考は鮮明さを増す。

「お前を運動部の寮に入れるのに、氷室、本当に苦労してくれたんだ。それに御厨先輩だって…。さっきのお前見てて、先輩たちもすごく驚いたと思う。お前が部に顔出せば、きっとみんな喜ぶ」

みんなって、誰だ。

誰であろうと、彌勒には関わりがない。

確かに吉祥が言う通り、運動部への転向には氷室の尽力が不可欠だった。だからといってその恩義に報いなくとも、彌勒はなんの呵責《かしゃく》も感じない。そんな自分に、兄は兄以外の誰を喜ばせろと言うのか。

「どーゆー話つか、そーゆー話かよ」

莫迦莫迦しさに、息がもれる。

彌勒の世界に輝きを与えるのは、ただ一人きりだ。だがそんな事実は、吉祥の目には映らない。映っていても、見えはしないのだ。

「先輩たちとは色々あって…、お前が煩わしく思うのも分かる。でもちゃんと練習すれば、お前、絶対上手くなると思うんだ」

言葉をつくそうとする吉祥に、彌勒が靴紐を締める。

「上の奴らはどーでもいーけどよ。興味ねーし、ホッケーも」

それは眼の前にある、面白味のない事実だ。呆気ない彌勒の結論に、吉祥の容貌が翳《かげ》る。

「興味ないって…」

「もーいいだろ。体冷える前に、飯喰《はく》いに行こーぜ」

立ちつくす吉祥に、彌勒は指輪を嵌めた手を伸ばした。だが兄は、戸惑う目で自分を見ただけだ。

「楽しかったって言ったじゃないか。…他に、なにかやりたいこととかあるのか？　もっと滑れるようになったら、今日より絶対楽しくなる。仲間も増えて熱中できることがあれば、お前だって…」

すっと、薄い紙で裂かれるような感触が、首筋を掠める。血中に蹴り出されたなにかが、体の内側を舐めた。皮膚の下を這い顳顬を脅かすそれは、冷たく燃える熱の粒子だ。眼底に鈍い痛みを覚え、彌勒はうんざりとして奥歯を噛んだ。

「なァそれって素で言ってんの？」

感情を削《そ》いだ声が、平淡にもれる。びくりと、痩せた兄の肩が揺れた。

「素なんだろーなァ」

独りごちた自分の声に、笑ってしまう。

分かりきったことだ。吉祥が見ようとするものは、自分の世界には存在しない。

「騙し討《う》ちみたく連れてきといてそれ？　ナカマと？　熱中できることがあれば、俺も、なに？」

繰り返した彌勒に、吉祥の唇が強張った。兄自身、意識して言葉を選んだとは思えない。だが彌勒には、吉祥以上に続けられようとしたその先が分かった。

「俺も、救われちゃう？」

響きは、やさしくさえある。

撲たれでもしたように、黒い睫が揺れた。実際殴ってやった方が、吉祥にとっては安楽だったに違いない。

いつだってそうだ。

肋骨《ろっこつ》を蹴り上げ、血を吐くまで殴ってやれば兄は楽になれる。知っていて、自分はそんな親切を施す気はない。今はまだ。今もまだ。

「先輩たちのこと、黙ってたのは…悪かった。でも俺は…、ただお前が部に来てくれれば…」

「助かる？　そらそーね」

右手を尻ポケットに引っかけ、兄の声を遮る。は、と、口元が笑った。楽しくて仕方がない。だが双眸は、人工の光を冷たく弾いただけだった。

「彌…」

「あー俺のやりてぇこと？　あるぜ？　今すぐ吉祥とファックしてー」

低めた声が、歌うように響く。

咎めるように瞬いた兄の目を、逸らさず覗き込んだ。

「他の奴じゃねぇ。救われなかろーが構うかよ。ここで裸に剝いて、ブチ込んでやりてぇ」

その言葉を実行する力が、彌勒にはある。吉祥の体がぐらりと半歩、圧されるように後退《あとずさ》った。

「そんな話を、してるんじゃ…」

抗議しようとした兄に、肩が揺れる。真面目な声。正論を吐く、きれいな唇。なにもかもが最高だ。

「あーでもンな欠陥品の弟じゃ、お兄ちゃんのが救われねぇ？」

首を傾げて見せた彌勒に、吉祥の容貌が歪む。

「アイスホッケーだろーがなんだろーが、俺がテメェ以外に熱中できて、糞眼鏡だか先輩だか喜ばしてやりゃフツーっぽくて嬉しー？」

自分の声が持つ力を、彌勒は知っている。

突き出した言葉の拳が兄の肋骨を突き破り、直接その心臓を裂くのだ。

兄が何故、部活動を好むのか。そんな理由は分かりきっている。暗がりを懼《おそ》れるくせに、窓のないリンクを走り回る理由もだ。

吉祥は、なにかに帰属することを望む。

自分が世界から弾き出された異物ではなく、正しい規範に組み込まれた欠片だと、信じたいのだ。だから規則に則《のっと》りパックを弾き、規律のなかで他人と争う。箱庭だ。リンクを走り回る瞬間は、失ったなにかを補《おぎな》える心地がするのだろう。分かりやすすぎて、腹も立たない。

「無茶言うなよ、お兄ちゃん」

血が、噴《ふ》き出す。

言葉で喉を掻き切れるなら、吉祥の足元はもう真っ赤だ。だが実際血の海に転がったところで、兄は一粒の涙も流さないだろう。今だってそうだ。立ちつくす吉祥の目は見開かれ、瞬くことすらしない。

泣けばいいのに。

単調な罵《ののし》りは、矛盾塗《まみ》れだ。この両腕はきっと、なんだってできる。兄を痛みから守り、その血を止めること以外、なんでもだ。

青褪めた唇から視線を引き剝がし、彌勒はリンクに背を向けた。

「駆けっこ、残念だったね。今日は折角、彌勒も走ったのに。お兄ちゃん、まだ足痛い？」

食卓に、気遣う声が落ちる。

若い、母親の声だ。覗き込まれ、幼い吉祥が深く項垂《うなだ》れる。

「もう…痛くない」

変声期を迎えていない兄の声は丸く、頼りなく響いた。昨日耳にしたものとは、まるで違う。昨夜の吉祥の声音は、きらきらと川面《かわも》で跳ねる、日差しみたいだった。同じくらい明るい笑顔を浮かべ、兄は報告したのだ。駆けっこで、一番を取った、と。

「お兄ちゃんは強いから、明日になればまたすぐ走れるよ」

母の励ましに、吉祥がぎこちなく頷く。

もっとましなことが言えないのか。隣り合う席に座り、彌勒は細い箸《はし》を動かした。色鉛筆を模した、水色の箸だ。ちいさく可愛らしい箸を持つ、彌勒自身の手も細い。吉祥が握るのは、深緑色の箸だ。

色違いの箸は、まだ幼い兄弟のために祖父母から贈られたものだった。

覚えている。本物そっくりに削られた芯の形も、箸を使うのが下手なくせに、吉祥がそれをひどく喜んだことも、彌勒はみんな覚えている。

「俺、明日は走んない」

短く告げて、彌勒は水色の箸でロールキャベツをつまんだ。気に入りの箸を手に、吉祥が黒い目をまん丸にする。

兄の目は、いつも飴玉みたいにぬれていた。同じ幼稚園の女の子たちなんかより、ずっとずっと可

愛い。だけどそれを言っても、最近の吉祥はあんまり喜ばない。眉根をぎゅっと寄せて、唇を強張らせる兄の表情が、彌勒は好きではなかった。

この好きではない、という感情は、彌勒にとって鬼門だ。中途半端で、吐き出しがたいなにかが喉の奥を気持ち悪くした。

「なんで？　彌勒、今日は一番になったんでしょ？　お兄ちゃん転んじゃったけど、明日は一緒に走れるよ？」

声を出せずにいる吉祥の代わりに、母親が首を傾げる。

彌勒たちが通う幼稚園では、木登りと駆けっこが流行《はや》っていた。昨日、吉祥はその駆けっこで念願の一位を取ったのだ。だが今日は途中で転び、それ以上走ることができなかった。

「楽しくなかったし」

ロールキャベツを口に放り込み、彌勒が応える。

吉祥は、誰よりも駆けっこに熱心だった。融通《ゆうずう》の利かない真面目な兄は、幼稚園に通うのに駆け足をしたりもする。その兄を追いかけて、彌勒も並んで走った。

「あき君や、ひろ君も一緒に走ったんでしょ？　みんな喜んでたじゃない？」

母が挙げたのは、幼稚園に通う友達の名前だ。今日園を出るまで纏わりついてきた何人かの顔を思い浮かべ、彌勒はマグカップに口をつけた。

「喜んでたけど、別に」

ちりちりと、喉と胸の間あたりに嫌な棘《とげ》がある。もう少し下の方に下がると、それは重く広がって、どろついた感覚になった。

吉祥と走ったり、笑ったりする時に感じるものと、正反対の感覚だ。

箸を握ったままでいる兄を、覗き込む。黒い目に、自分の影が映り込んだ。

楽しくなかった。

吉祥が転んだ後も、彌勒は一人で走った。自分よりずっと体格のいい年長組を相手に、圧倒的な差をつけて勝ったのだ。

昨日の吉祥は、接戦を制して一位になった。その時彌勒は一緒には走らなかったけれど、すごく嬉しくて、楽しかった。だから吉祥と同じように、自分も走るのが好きなんだと思った。

でも、それは間違いだ。

少しも楽しくないし、嬉しくもない。

走り終わって、気がついた。駆けっこが楽しかったのは、吉祥と一緒だったからだ。一人では、全然違う。

その事実は、少なからず彌勒を驚かせた。

自分と吉祥は、繋がり合った一つの塊ではなく、切り離された二つの体なのだ。当たり前のことなのに、彌勒にはちっとも当たり前だとは思えなかった。

叫んで、吉祥の襟首を摑んで、その目の奥に深くもぐり込んでやりたかった。だが凝視した兄の目に、自分とは違う感情の塊を見つけた時、今度こそ撲たれたみたいに息が詰まった。

別々の人間だと、吉祥はいつから知っていたんだろう。

自分が知らなくて、兄が知っていることがあったのかと思うと、それは二重の意味で彌勒には驚きだった。ある意味でそれは、吉祥の正常さと凡庸《ぼんよう》さの証左《しょうさ》でもある。

非凡であることが、即座に素晴らしさや尊《とうと》さと結びつくとは限らない。だが大抵の場合、人間は安直な輝きに惹き寄せられる。

あの日、駆けっこで一番になった彌勒の周りに集まった子供たちもそうだ。

吉祥と仲のよかった友達も、はち切れそうな興奮と共に彌勒を褒めちぎった。昨日吉祥が一番になったことも、そもそも吉祥という人間が存在したことも忘れているかのようだ。

熱狂と賛美は、人間に陶酔《とうすい》をもたらす。

だがどんなに強烈な賞賛も、彌勒の脳に快楽を与えはしなかった。むしろ抱いたのは、苛立《いらだ》ちと嫌悪だ。

彌勒に喜びをもたらす存在は、一人しかいない。望むと望まざるとに関わらず、兄と自分はそういう形に作られたのだ。

短く、瞬く。

微かに感じた振動に、彌勒は二度瞼を動かした。

忘却は、安寧《あんねい》の巣箱だ。

だが彌勒はそのなかで、安らかに眠ったことがない。水色の箸を握った指が骨張り、人を殴り伏せる力を得ても同じだった。途絶えることのない記憶の螺旋《らせん》は、積み重なり渦《うず》を巻く。

タクシーの後部座席に体を預け、彌勒は闇が蟠《わだかま》る窓の外に眼を向けた。

小石を嚙んだタイヤが、ぎ、と軋んで動きを止める。運転手が振り返るより先に、彌勒は抜き出した札を助手席に放った。

よれた札は数時間前、彌勒の手元に舞い込んだものだ。経緯など、どうでもいい。のっそりと体を起こし、舗装《ほそう》された道を踏む。

「ほ、本当にここでいいのお客さん。やっぱり入り口に……」

不安気な運転手を振り返ることなく、デニムに両手を引っかけた。

深夜をすぎた山のなかは、幾重にも静寂が重なり合う。うじゃうじゃと人間であふれた街中も糞だが、この山奥の校舎がましとは言いがたい。そして結局はそこに戻った自分も、救いがたい糞だ。

三日ぶりに見る山奥の空は、あるかないかの月明かりに照らされている。足元さえまともに見えないが、彌勒は頓着せず寮を囲む塀《へい》を越えた。阿呆らしいが入学以来、通い慣れた道でもある。石瓦《いしがわら》が葺《ふ》かれた寮の裏手から、消灯後の窓を越えた。

「まじすか」

ほとんど音を立てず、床に下りる。それと同時に、声がした。

寮の見回りか。

右の拳を固めようとして、大袈裟に飛び退いた人影に動きを止めた。右手の階段に、半ば縋るようにして立つ者がいる。部屋着を羽織った、杉浦だ。

「って、仁科弟!?」

消灯後も、廊下には弱い明かりが灯されている。橙色《だいだい》の薄明かりを透かし、杉浦が心底驚いたように声を引きつらせた。

「い、今、帰ったわけ？　そっから？　二階だろここあり得ねえ…」

唸り、杉浦が恐る恐る窓を覗き込む。外に足場があったとしても、一人で越えるには面倒な高さだ。苦もなく下り立った彌勒を見上げ、杉浦が手にした包みを抱え直した。

厳しい練習を強いられる運動部の寮らしく、消灯後は早々に眠りに就《つ》く寮生が多い。こんな真夜中に起きているのは、腹が減って寝つけない者くらいだろう。

「てか今日何曜よ？　リンク行って以来全然帰ってこないから、吉祥君…じゃない吉祥さんマジ心配して心配して…」

物音一つしない寮内で、不意に杉浦が言葉を途切れさせた。

ふらり、と。彌勒が頭上を覆う薄暗がりから踏み出す。次の瞬間、押し出されるように杉浦が後方へ飛び退いた。

「…ッ……」

声を上げなかったのは、むしろ立派だ。

いつもは物怖じをしない杉浦の目が、限界まで見開かれて彌勒を見る。

濁ったようなアルコールの匂いが、その鼻先に触れたはずだ。煙草《たばこ》と、それ以外の匂いもそうだろう。薄明かりが、彌勒のシャツを照らす。明るい色を身に着けていたら、そこに飛んだ汚れまでが見て取れたはずだ。

だが杉浦を怯ませたものは、そんなものではない。

膿んだような眼が、光を弾く。平素の彌勒を知る者にとっても、こんな眼をした男と対峙《たいじ》したいはずはなかった。

「ちょ…」

呻いた杉浦が、逃げ場を探すように後退る。ひたりと、彌勒も一歩を踏み出した。浴びるように飲んだ酒量も、まるで関係ない。確かな足取りで、拳を握る。意味などなかった。同時に、躊躇もない。

重い斧《おの》を振り被るように、右腕を持ち上げる。

「彌勒…！」

切迫した声が、耳を打った。

打たれたように、杉浦が廊下を振り返る。

「吉祥君！」

固い足音が、体を引き摺るように近づいた。

それだけで、肩胛骨《けんこうこつ》の内側がぞろりと疼《うず》く。この三日半、胃袋に酒しか入れていないせいでも、眠っていないせいでもない。濁った眼を瞬かせ、彌勒は廊下を振り返った。

「なにやってるんだ、彌……」

黒い目が、咎める。

こんな時間に、起きているはずのない目だ。

余程急いで飛び出してきたのだろう。廊下の照明を全て灯すこともせず、吉祥が壁伝いに立っていた。

吉祥はなによりも、暗闇を懼れる。

視界が利くとはいえ、この程度の明るさでは兄にとって不十分だ。自分の名を呼ぼうとしていた唇が、ぎくりとして凍りついた。

「な……」

薄明かりの下でさえ、彌勒がどんな姿で立つかは見て取れたのだろう。縺《もつ》れる足で、吉祥が弟にしがみついた。

「どうしたんだ、お前…！　こ、れ……」

襟首に食い込んだ力は、問《と》い質《ただ》すというより縋ると呼んだ方が正しい。蒼白《そうはく》になって自分を見回す兄を、彌勒は右腕で摑んだ。

「ま、待てよ…ッ！　吉祥君は本当に心配して…」

今すぐに、彌勒が吉祥をぶちのめすとでも思ったのだろう。立ちつくしていた杉浦が、果敢《かかん》にも二人の間に割って入った。煩わしげにそれを蹴り退け、彌勒が手近にあった電源を灯す。目映い光が頭上で瞬き、彌勒は強張った兄の肘を引き摺った。

「彌勒君っ」

追おうとした杉浦を無視し、半開きになった自室の扉をくぐる。重い扉が閉まると、杉浦もそれ以上騒ぐことをしなかった。

「一時すぎてんだろーが。寝ろよ」

白い光が、素っ気ない室内を照らす。消灯時間をすぎても、この部屋の明かりが落とされることはない。

小学三年生のあの日以来、吉祥が暮らす部屋には昼も夜も明かりが灯され続けた。実家から寮に移った今も、それは同じだ。薄汚い闇に呑み込まれてからずっと、吉祥は同じ暗がりのなかにいる。

「黙、れ…！　お前…」

尖った声が、途切れながら呻いた。

叱責《しっせき》されるべきは何日も姿を消した上、真夜中に戻った彌勒の方だと言いたいのだろう。そうでなくても、吉祥が理由もなくこんな時間まで起きているはずはない。摑んでいた指を解くと、痩せた体が床に崩れた。

「だな。寝る」

喘ぐ背中から眼を逸らし、寝台に向かう。着替えもせずもぐり込むと、白い指が腕に食い込んだ。

「待て…！　なに、してたんだお前、こんな…」

ふるえる指が、シャツの襟元を摑んでくる。酒臭い弟を引き起こし、吉祥が汚れたシャツを見回した。その目が銀の指輪を捉え、動きを止める。

「あー、これ？」

見開かれた双眸の意味を悟り、彌勒は右腕を翳した。

髑髏《どくろ》を模した銀の指輪に、赤黒い染みがこびりついている。それがなにかなど、今更教えてやる必要はない。

血だ。

拭いきれなかった黒い塊が、指輪の溝を汚している。動けずにいる兄の目を覗き込み、彌勒は汚れた指輪を引き抜いた。

「きったねーの」

どうでもよさそうに、厳ついそれを床に放る。足元に転がった指輪を、吉祥が短い声を上げて避けた。血の気を失った兄が、吐き気を堪えるように口元を覆う。

「なん、で…」

彌勒が指輪に血をこびりつかせ、シャツを汚して帰ったのはこれが初めてではない。むしろここしばらく、影をひそめていただけにすぎなかった。呻いた吉祥が、目の奥になにを蘇《よみがえ》らせているのか。

弟が身を浸《ひた》していた、夜の暗さだ。

模範《もはん》的な兄とは対照的に、彌勒は去年の夏が終わるまで、ほとんど実家に寄りつかなかった。糞下らない繁華街で自らを空費し、日々腐りゆく手足を眺めてすごしたのだ。実際あのまま、朽《く》ちてもよかった。否、朽ちるつもりだった。だが退屈が顳顬を撃ち抜くより、兄が罪悪感に負ける方が早かっただけだ。

あの日の闇を棄てられないように、吉祥は弟を見捨てられるほどに強くはない。彌勒もまた、愚かな兄の愚かすぎる選択を正してやれるほど、大人ではなかった。

結局、彌勒は兄と共に実家へ戻った。夜の街を離れると、兄は手放しで喜んだ。吉祥をなにより安堵させたのは、彌勒の拳から暴力が影をひそめたことだろう。

彌勒が培《つちか》う暴力は、吉祥にとっては直視しがたい過去の象徴でしかない。彌勒の拳が血で汚れるたび、自分たちが正しい世界の住人でないことを思い知らされるのだ。

「退屈な野郎ばっかだったから」

下らなさが、そのまま声になる。引き寄せた右の膝に肘を乗せ、彌勒はそっと兄の手首に触れた。

「彌……」

「せめて熱中ってやつができっかなと思って。莫迦殴れば」

皮肉とも呼べない声に、冷えきった兄の指先が跳ねる。

拳を振るうことに、彌勒は躊躇がない。

それは彌勒が、暗闇を懼れないのと同じ理由だ。

肉を撲ち、骨を砕く瞬間は、彌勒に束《つか》の間《ま》の気晴らしをもたらした。歪《いびつ》な世界が揺れて、脳髄にまで手応えが轟《とどろ》く。

その鮮明な瞬きは、吉祥の傍らにいなくても、彌勒の内側を仄《ほの》かに照らし出した。快感と呼べるほど、上等なものではない。同じくらい原始的で、下らないものだ。

「……俺、が…」

絞り出すように、吉祥が呻く。彌勒の指を打ち払うことをせず、兄が白い眉間を歪めた。

「あんなこと、したせいか…？　リンクで……」

紅白戦とやらが控《ひか》えているにも拘わらず、この三日は兄も十分に眠っていないのだろう。いつもは澄んでいる虹彩《こうさい》の縁が、今夜は淡く曇って見えた。

「舞い上がった弟騙して、健全なホッケー少年に仕立てよーって？」

こんなつまんねえ一言のためだけに、兄は夜の底で起きていたのだろうか。は、と笑うと、青白い眦が引きつった。

「だ、騙す、つもりは…！」

「あー、違ぇ？」

左の小指を、耳に突っ込む。強張った吉祥の指に指を絡ませ、右腕だけで引き寄せた。

「彌…」

「嬉しー？　俺がスポーツで発散だか昇華だかできりゃ。先輩や仲間とやらとも上手くやって。で、うっかり熱中して、部に貢献《こうけん》とかしてみたり？」

ぐらついた吉祥が、辛うじて寝台の縁に膝をつく。体を起こそうと足掻《あが》いたが、力の差は歴然としていた。

「放…っ」

「俺もお兄ちゃんが喜んでくれんなら嬉しーけど？　でもさー、それって屑《くず》殴るのとどー違うよ」

絡めた指に力を加え、黒い双眸を覗き込む。打ちのめされたように、兄の眉間が歪んだ。

「お、同じじゃないだろ…！　やり方がまずかったのは、謝る。先輩にちゃんとお前のこと、分かって欲しくて…。でもそれだけじゃなくて、新しいこと始めたらお前も、きっと…」

きっと。

きっと、なんだと言うのか。

世界と繋がる術を手に入れられると、そう言いたいのか。

兄と繋がる代わりに、もっと正しく世界と調和しろ、と。それが弟に幸福をもたらすと、そう言うのか。

腹の底から、笑い声が込み上げそうになる。吉祥は、己の言葉の正しさを疑っていないだろう。実際、兄の言葉は正しい。向ける相手を、間違えているだけだ。あり得ねえ。三日間阿呆を殴って酒を浴び続けた自分も糞だが、眼の前の兄も相当だ。

「やっぱ救われねーわ」

「…なに言……」

喉を鳴らし、兄の肘の内側に顔を寄せる。強張った吉祥の腕に、彌勒はひっそりと額をすりつけた。

「知ってたけどよ」

呟いて、兄の腰に腕を伸ばす。びくついた二の腕に、彌勒はそっと歯を立てた。

「彌…」

「やらせて？」

請《こ》う仕種で、首を傾ける。

火が点《つ》いたように暴れようとするのを許さず、足払いをして引き寄せた。

「危な……」

声を上げた吉祥が、彌勒にぶつかりながら寝台に落ちる。すぐに起き上がろうとした体を、仰向けに転がして腹に乗り上げた。

「痛…っ、放、せ…！」

「明日、つか今日か」

薄い腹を跨《また》ぎ、体重を乗せすぎないよう加減して尻を置く。それでも荷重をかけられ、痩せた体が喘いだ。立てた膝にそれぞれ両肘を置き、真正面から兄を見下ろす。

「なに…が…」

呻いた吉祥が、体を引き抜こうとシーツに波紋《はもん》を刻んだ。

「紅白戦。出んでしょ？」

軽い響きで、首を傾ける。ただでさえ青褪めた吉祥の容貌から、血の気が失《う》せた。大切な試合などでなくても、兄は部活を休んだりできない。アイスホッケーは、吉祥にとって日常を維持する重要な手段だ。どんなにちいさく下らない歯車でも、世界を動かす術を吉祥が手放せるはずがない。

「退け…！　お前も…」

「あー俺の話じゃなくってよ。明日の試合出てーんなら、大人しくしてた方がいいんじゃねって話」

他人事のように教え、自分のベルトに手をかける。がちゃがちゃと音を鳴らして引き抜くと、吉祥が尻の下で跳ねた。

「お、前……！」

「テメェのことだから、足くれー折れても試合出やがるだろーけど？」

あり得すぎて笑えねえ。

吉祥だって、笑えねえだろう。兄の耳にも、自分の言葉が冗談に聞こえたとは思えない。実際、そんなつもりもなかった。

「な……」

凍りついた痩身を見下ろすだけで、首筋の奥がきりきりと痺れる。引き絞られ、研ぎ澄まされる感覚だ。自然に、口元が歪む。どんだけ酒を煽ろうと薬を囓ろうと、こんな感覚一つ、自分はまともに得られない。

「楽しもーぜ？」

緩慢《かんまん》にデニムの釦を弾いて、敷き込んだ兄のシャツを捲る。

「やめ…ろ…ッ」

切迫した声と共に、なにかがどろりと耳に流れ込んだ。嫌な形に歪んだ口元から、笑いがもれる。

二重写しの世界が重なり合って、輪郭が鮮明さを増した。

「…ぁ、ど…け…！」

「あんまうっせーと、ドア開けて廊下で犯すぞ」

低くなった脅しに、釘《くぎ》で打ちつけられたように吉祥が息を詰める。

動けなくなった兄を笑い、長く舌を突き出した。毎日練習に打ち込んでいるくせに、痩せた胸を覆う筋肉は薄くしなやかだ。自分とは少しも似ていない体を、ぬるりと舐める。

「…っ…、あ…」

犬みたいに乳首を掻くと、痛みを感じたように吉祥が眉を寄せた。

「い……」

表情とは裏腹に、桜色をした乳首がきゅっと凝る。すぐに舌で押し込むと、乳輪の皺まではっきりと伝わった。つるりとした舌触りの皮膚が、健気に痼《しこ》って舌を楽しませる。

「好きだよな、舐められんの」

わざと言葉にして、もう片方の乳首を親指でくすぐった。平らな胸にある、色の薄い乳首だ。面白味などなにもないはずなのに、やたらと舐め廻《まわ》してやりたくなる。

「…誰…が…っ」

「テメェがだろ？」

腰をずらし、跨いだ太腿《ふともも》にデニムの股間をすりつけた。逃げようとする腰から、下着ごとパンツを引き下ろす。染み一つない尻が、半端に露出した。

「や……」

自ら服を脱がない相手と性交するなど、彌勒には滅多《めった》にない経験だ。そうでなくとも女が相手なら、スカートを捲れば用は足りる。むしろ大抵の場合、彌勒は自分のファスナーを下ろす手間さえ必要としなかった。屑を殴るのと同様に、性交もこの脳味噌が辛うじて高揚する原始的な刺激の一つだ。だが薄暗い店の便所で繋がる交接は、手軽さも意義も排泄《はいせつ》と変わりがない。眠る代わりに幾つかの穴に突っ込んできたにも拘わらず、兄にすりつけた陰茎はすでに硬くなり始めていた。

「嫌つった？」

剝き出しにした尻の肉を摑み、きつく指を食い込ませる。広がった割れ目から、肉色をした穴が覗いた。

「ぁっ…、放、せ…！」

横臥《おうが》に近い姿勢でシーツに沈み、吉祥が尖った声で訴える。彌勒が本気であることくらい、兄にももう十分分かっているはずだ。それでも恐怖と羞恥は拭いがたいのだろう。足掻く兄を笑い、彌勒は狭い穴を指で撫でた。

「っ…や…」

「俺のチンポハメられんの、そんなやなんだ？」

露骨な言葉一つにも、吉祥の体が竦む。血の気の失せた指が、耳を塞《ふさ》ぎたそうに頭を抱えた。

「黙……っ…」

「つか弟のチンポでイかされんのがやなわけ？」

あからさまな猫撫で声に、摑んだ尻が跳ねる。人並み以上に潔癖なくせに、その兄が尻で繋がる相手は、血を分けた弟なのだ。思い知らされ鳥肌を立てる尻の肉を、彌勒は掌で捏《こ》ねた。

「う…」

「お兄ちゃんがそーゆーなら、仕方ねーか」

酒の匂いがする息で、吉祥の首筋を撫でる。黒い目が、ぎくりとして背後に迫った弟を仰ぎ見た。

許されると、一瞬でもそんな考えが頭を過《よぎ》ったのだろうか。微かな希望が交じった目を見下ろし、笑いそうになる。実際、にやついていたに違いない。両膝で体を支え、彌勒は寝台の脇に手を伸ばした。

「な……」

ちいさな抽斗《ひきだし》ごと、棚から抜き取る。兄の頭上で逆さにすると、中身がばらばらとシーツに落ちた。

「…っ」

安っぽい色彩が、吉祥のすぐ鼻先にまで転がる。

悲鳴も上げられず、張り詰めた双眸が瞬いた。

「……こ…、れ…」

紫色の塊が、吉祥の肘の先に触れている。

重みのあるそれ以外にも、緑色や蜂蜜色のチューブ、真っ赤なパッケージがシーツに散っていた。

「どれが好き？」

甘ったれた声で囁き、吉祥の耳殻を囓る。ぶちまけられた一つを手に取ると、よく見えるよう兄の眼前に突き出してやった。

「…ぃ……」

ぶるり、と抱いた体がふるえる。

笑うほど大きな鰓《えら》を持った器具が、なんであるのか。教えてやる必要もない。量感のあるバイブレーターを、形のよい顎先に突きつける。

「選べよ」

当然のように促すと、吉祥の唇が悲鳴の形に歪んだ。

「ど、どけ…ろ…っ」

熱いものが当たりでもしたように、吉祥が死にもの狂いで首を横に振る。実際煙草でも突きつけられた方が、兄にはましだったに違いない。

吉祥は、性的なものに否定的だ。

自分の性器に触ることにさえ、積極性はない。異性同性問わず、他人の性器など頼まれたって見たくないというのが本音だろう。そんな吉祥にとって、こんな玩具《おもちゃ》は拷問《ごうもん》器具に等しい。

知っていて、彌勒は阿呆らしい道具をこれ見よがしに部屋に置いていた。そんなものが身近にあることを思い出すだけで、眉をひそめる兄を眺めて楽しむためだ。悪趣味極まりないと吉祥は詰るだろうが、彌勒にしてみれば罪のない悪戯《いたずら》にすぎない。自分が本当にしたいだけを吉祥にぶつければ、兄は泣く程度ではすまないのだ。

「あー、これがい？」

暴れる兄を押さえ込み、肘先に転がっていた一つを拾い上げた。

グロテスクな突起が生えた、極太のバイブレーターだ。尻に入れるというより、頭をかち割るために使う方が適して見える。冗談としか思えないそれの電源を入れると、安っぽいモーター音と共に根本からうねりだした。

「…っ…ひ…」

尖った息が、吉祥の歯の隙間からもれる。

ぐねぐねとのたうつそれが、自分の体のどの部位に挿入されるのか。嫌でも想像せずにはいられないのだろう。

「すっげーの。先っぽ光ってんぜ？」

阿呆らしさに笑いがもれたが、無論吉祥は笑うどころではない。蒼白になった兄を見下ろし、彌勒はもう一本のバイブレーターを手に取った。

球体を連ねたような窪《くぼ》みを持つそれは、他のものに比べて細い。人間の本能とは恐ろしいもので、一瞬、救いを求める光が吉祥の双眸を過った。

「なにこれがい？　でも細すぎじゃね？　満足できんの、お兄ちゃん」

どちらにせよ、吉祥にとっては全てが嫌悪の対象でしかない。分かっていたが、彌勒は恩着せがましくどぎつい桃色のバイブレーターを握った。

「違……」

呻くのを無視して、うつぶせに尻を引き上げる。きゅっと窄まった穴に視線を定め、突き出した舌で舐め上げた。

「…ぃっ……」

悲鳴が、シーツに呑まれる。どうせなら、寮の童貞共が全員目を覚ますような声を上げさせてやりたい。笑い、彌勒は転がっていたチューブから中身を絞り出した。

「あっ、…ぁ…」

ぐちゃりと手のなかで混ぜたクリームを、ちいさな穴に塗《ぬ》りたくる。真っ白な尻の真ん中に、淡い色をした穴が覗くのは単純に卑猥《ひわい》だ。他の男の尻などごみ以下だが、この穴がどんなふうに広がるのか、彌勒はよく知っている。

「もっとぶってぇのが欲しかったら、言って？」

親切そうな声を作り、じっくりと中指を押し込んだ。ぬる、と回す動きで第一関節まで埋める。

「っ…、あ…」

慎重《しんちょう》に指を曲げるだけで、引き据《す》えた背中が硬直した。勝手にぬれる穴とは、締まり具合も形も違う。繋がる手間を面倒だと思わずにすむのは、相手が吉祥だからだ。

「…い…、ぁ…っ…」

指で広げた肉を間近から覗き、その下でふるえている陰嚢を舌で押す。なかの玉ごと唇を使って含むと、ぺちょ、と間の抜けた音がもれた。

「う…、ぁ……」

中指を呑み込んだ穴が、苦しそうに鳴る。開かせた股の間から左手を突っ込むと、ほとんど反応していない陰茎を掌で捉えた。

「あ、あー……」

泣きそうな声に応え、もう一度陰嚢を吸ってやる。つけ根まで呑み込めるようになった穴に満足し、彌勒は太い指を引き抜いた。

「くわえながら、入れてやろーか？」

唾液で汚れた自分の上唇を、ぺろりと舐める。奥歯を鳴らした兄を見下ろし、桃色のバイブレーターで尻穴を小突いた。

「それよかどんなふうに広がっか、見てて欲しー？」

「…や……」

シーツの上で、絶望を映す双眸が小刻みに揺れる。やめてくれと、懇願《こんがん》するその目を覗き込み、彌勒はコンドームのパッケージを歯で裂いた。

「頼…む、から……」

ぞくりと、背筋を興奮が走る。腹を抱えて、笑えそうだ。屑の顳顬を蹴り抜くのとは比べものにならない。血中に溶け出す高揚を楽しみ、彌勒はバイブレーターに薄い膜を被せた。

「焦《あせ》んなよ。ちゃんと奥までぶち込んでやっから」

歯を見せ、握り直したバイブレーターを押しつける。亀頭《きとう》を模した先端の、最も細い場所を選んで肉の窪みにもぐらせた。

「い…、あ、や……」

シーツに這わせた兄の背骨が、きつく軋む。内側に窄まろうとする粘膜《ねんまく》を指で広げ、もう一度股の間から陰茎を握った。

「…っ、あ…っ、あ…」

曇った声がもれて、桃色の玩具を呑み込んだ尻がひくつく。

手の力で沈める棒は、陰茎とは違う力加減が可能だ。右手で握り込んだ器具越しに、兄の肉の抵抗を味わう。

「ぽこぽこしてってとこ、気持ちー？」

直腸の形に沿って先端の角度を変えると、連なった球体が二つ、亀頭と共に肉へもぐった。球体の直径分広げられた粘膜が、その形に沿ってぬるっと窄まる。粘膜が望んで桃色の棒を食《は》んでいるようで、繰り返し引き抜き、押し込んだ。

「ぃ…、っ……、あ、抜……」

深い位置まで埋まってゆく先端に、吉祥の声が怯えて跳ねる。だが左手で揉む性器は、ずっしりとその量感を増していた。手探りで先端を引っ掻くと、あたたかな粘液がしたたってくる。

「ンな美味《うま》そーに口広げてんのに？」

球体を引き出すと、ぴっちりと絡んだ粘膜が艶やかな色を晒《さら》した。均一な太さを呑むのに比べ、穴の入り口が苦しみながら広がり、窄まるのがよく分かる。自分の粘膜がどんな形に広がり、異物を呑み込んでいるのか。腹を掻き回される刺激だけでなく、間近から観察される苦痛に吉祥が呻く。

「…黙…ぁ…っ」

「気に入ったぁ？　こいつ」

反り返った陰茎を握り、その硬さをわざとらしく確かめた。

尻穴から滲《にじ》んだクリームと陰茎から垂れた体液で、左手はもう手首までどろついている。弾んだ尻にバイブレーターを押しつけ、彌勒は股座から左腕を引き抜いた。

「ぁ……」

性器をいじる手を奪われ、吉祥の唇から頼りない息がもれる。

「イけそー？」

語尾を伸ばし、指の腹で広げられた尻穴を押し揉んだ。

「…ぃ、あ…」

悲鳴を上げた吉祥の腹にぶつかり、陰茎がぺちんとちいさな音を立てる。指を汚した粘液には精液の匂いが混ざるが、すぐさま射精できるかと言えば難しそうだ。分かっていて、彌勒は尻から生えたバイブレーターをぐちゃりと捻った。

「やっ…、ぁ、あ…」

張り出した鰓が奥を掻くのが堪らないのか、吉祥がシーツに額を押しつける。いつの間にか寝台の縁まで追い詰められていた体を、彌勒は肩を摑んで引き戻した。

高く掲げさせた尻に代わり、唾液で汚れた兄の顔を膝先に這わせる。大きく手を伸ばし、先程までとは逆手《さかて》でバイブレーターを摑んだ。

「…い…」

「やじゃねーだろ。イけよ」

命じ、ぐり、とバイブレーターを回す。鰓で満遍なく腸壁を掻くように動かしてやるが、所詮は器具だ。ただでさえ緊張している吉祥が、容易に射精できるはずがない。

「…ぁ…無………」

角度を変えて抉《えぐ》られ、吉祥が首を横に振ろうとする。汚れた手で兄の顎を摑むと、その匂いと体勢の苦しさに吉祥の顔が歪んだ。

「俺のチンポでイきたくねぇから、コイツ突っ込んで欲しかったんじゃねーのかよ」

「…違…っ…」

もう肘で体を支えることもできない兄は、べったりとシーツに胸を預けている。顎を引き上げられ、尻を突き出させられた吉祥は、毛並みのいい犬みたいだ。

「違ぇの？」

まるで初めて知ったように、眉を吊り上げて見せる。

抗議の色が兄の目を過ったが、そんなものを声にする余裕はないのだろう。瞬いた目が、涙の膜の向こうで揺れた。

「だったら、どーして欲しーのか教えて？　希望がねーなら、このままイけるまでコイツで遊んでやっから」

苦しむ兄を見下ろし、機嫌のよい笑みを作る。

彌勒が望む言葉を口にしない限り、解放などあり得ない。

それは単純な規則《ルール》だ。そして兄にとっては、絶望的な規則でもある。

「…っ…ぅう……」

嗚咽《おえつ》するように、摑んだ顎がふるえた。

底光る眼をした自分が、吉祥をどんなふうに扱うのか。兄は嫌というほど知っている。

「………け…」

蚊の鳴くような声が、乾いた唇からもれる。喉の渇きを覚え、彌勒は首を傾げた。

「あ？　ナニ？」

「う…、抜…、け…っ…」

引きつった黒い睫が、ぬれた双眸を覆う。絞り出された懇願に、短い笑いが込み上げた。

「抜け？　違げーだろお兄ちゃん」

背を屈《かが》ませ、舌の平で兄の瞼を舐める。ぐりぐりとバイブレーターを捻ると、白い尻が跳ねた。

「ぁ…っ…！」

ぎ、と、鈍い音を立てて、吉祥の爪がシーツに食い込む。汗ばんだ背中と同じように、きつく閉ざされた目元も羞恥に色づき痛々しく歪んでいた。

「犬の尻尾みてーにケツから生えてるバイブ、お願いですから抜いて下さい、じゃねーの？」

耳の真横で教え、尻ごとバイブレーターを揺らしてやる。一層赤さを増した耳殻を口に含むと、なめらかな皮膚は意外なほど冷えていた。

「…ひ、ぁ……」

「抜いて？　で、その後は？」

執拗《しつよう》な弟を、今すぐ叩きのめしてやりたい。吉祥の一番の望みは、それだろう。分かっていたが、手をゆるめてやる気はなかった。覗き込んだ双眸が、辛そうに揺れる。泣き声を堪えるように、吉祥が息を啜り上げた。

「……、の……」

「聞こえねー」

固く閉ざされた瞼が、かわいそうなほど引きつる。憐憫《れんびん》と同じだけの興奮に、彌勒はぬるりと兄の口角を舐めた。

「……前、の…、…で…」

「俺の、なに？」

先程とは打って変わって、甘やかす声になる。

喘いだ吉祥の顎から指を解き、きつくなったデニムのファスナーに手をかけた。ついでに襟に指を引っかけ、煩わしいシャツを脱ぐ。暑ぃ。兄を裸に剝いていじり回すだけで、阿呆みたいに心拍数が上がっている。新しい血液が心臓から蹴り出され、頭の芯が研ぎ澄まされてゆく感覚は他にない。

「彌……」

シャツを床に投げ、兄の眼前でファスナーを引き下げた。勃起しきった陰茎が、下着から飛び出して反り返る。

「…っ…ぁ…」

這い蹲る吉祥の容貌から、血の気が失せた。間近で揺れた陰茎から、目を逸らすこともできないのだろう。動けずにいる吉祥の頬に、彌勒は血管が浮いた肉を突きつけた。

「ぃ…」

「言えよ、吉祥」

黒い髪に指を絡め、逃げようとする顔を引き上げる。涙と涎《よだれ》で汚れていようと、白い吉祥の容貌は清潔極まりない。ぬれきった先端を押しつけると、紅潮している頬でさえひやりとして感じた。

「…ひ……」

「俺のチンポ、入れて欲しーの？」

動けずにいる兄を、真下に見下ろす。首を動かすと、陰茎にこすれそうで怖いのだろう。強張る吉祥が、ぎこちなく瞼を閉じた。

「じゃーどー言ーか分かんだろ？」

可笑しくて、笑いそうになる。

汚い言葉も、彌勒には意味がない。感慨など、なにも湧かないのだ。だがそんなもの一つに兄が打ち拉がれるのかと思うと、無理にでも口を開かせたくなる。寝台の上だろうが、教室の机の上だろうが、どこでだってそうだ。

「……お…俺、の……」

覚悟を決めたように、吉祥が肩を喘がせる。だがどうしても続きを吐き出せない唇を、ずり、と下腹に引き寄せた。

「…ぅ……」

「バイブ引き抜いたどろっどろのケツ穴に、彌勒のチンポぶち込んでイかせて下さい、だろ」

教えてやると、反り返った喉が痛々しく鳴る。乾ききって縮こまった舌が、口腔の内側で動くのがちらりと見えた。

「……ぁ…、俺の……、に……、お…前…、の…」

「俺の？」

要求する声に、吉祥がちいさくしゃくり上げる。絶対に許されないことを悟るには、十分だ。

「彌…勒……の、ちん…こ……、入……て…」

言葉の終わりは、泣き声と変わりがない。

自分の下腹にすりつけられていた瞼を、彌勒は舌を伸ばしてべろりと舐めた。皮膚の味と、他の体液とは違う甘さが舌に浸《し》みる。

「マジでこのチンポでいいわけ？　弟のチンポだぜ？」

首を傾げ、反り返った肉を頰骨に押し当てた。形のよい鼻梁《びりょう》を、張り出した肉がぴたりとこする。

「も…、黙……」

黙れと、そう叫びたかったのだろう。泣き声をもらした唇ごと、兄の頭を両手で摑んだ。

「…ぃ…、あ……」

呻く口を舐め回し、冷え始めている尻を引き寄せる。どろつくバイブレーターを一握りにすると、にゅるりと引き抜いた。吉祥の体温に馴染《なじ》んだコンドーム諸共《もろとも》、躊躇なくシーツに放る。

「あ…、ぁ…っ…」

仰《の》け反った体を寝台に引き戻し、仰向けに転がした。当たり前のように足の間に割り込んでも、吉祥に抗《あらが》う力はない。

「べっとべとー」

両の膝裏を押し開き、尻ごと腰を引き上げる。まだ辛うじて勃起している陰茎と、バイブレーターを失った尻が真上からよく見えた。閉じきれていない尻穴を親指で広げ、自らの陰茎をすりつける。

「あーやべ、ゴムしてねーわ」

思いついたように口にするが、そんなことはどうでもよかった。

陰茎の先端はすでに尻穴に食い込み、吉祥の肉を押し広げている。持ち上げた右腕で庇《かば》うように頭を抱え、兄が苦しげに腰をくねらせた。

「ぁ……」

「いーの？　このまま入れちゃうぜ？」

咎める余裕もない兄に、形だけの承諾を求める。今からコンドームを着けろとごねられても、応える気も余裕も更々ない。腹の底に酸素《さんそ》を送り、体重をかけて尻穴を押す。

「ひ……ぁ……」

ぶちゅ、と空気を潰す音を立てて、ぬれた尻穴に押し入った。バイブレーターでいじり回した穴は、それなりに弛緩《しかん》している。それでも狭く、ゆるみきるのは難しい。急きそうな気持ちを抑え、ぬめる穴に先端を食い込ませた。

「きっちー……」

狭い肉の輪に引き絞られる感触は、快感と言うより痛みに近い。

嚙み締めた歯の隙間から、乱れた息と呻きがもれた。だが吉祥が強いられているだろう圧迫に比べれば、文字通り天国だ。ぴったりと吸いつく肉が、入り込む陰茎の太さに合わせ、苦しみながら広がってゆく。

「…あ…、ぁ…、ぅう…」

大きく口を開いた吉祥が、空気を求めるように喘いだ。圧迫感を軽減しようと、無意識に声がもれるのか。男を煽るために、聞かせる声ではない。兄の唇からこぼれる音には、はっきりと苦痛の響きがある。

それにも拘わらず、肉に含ませた陰茎がびくりと撥ねた。サディスティックというより変態だ。い

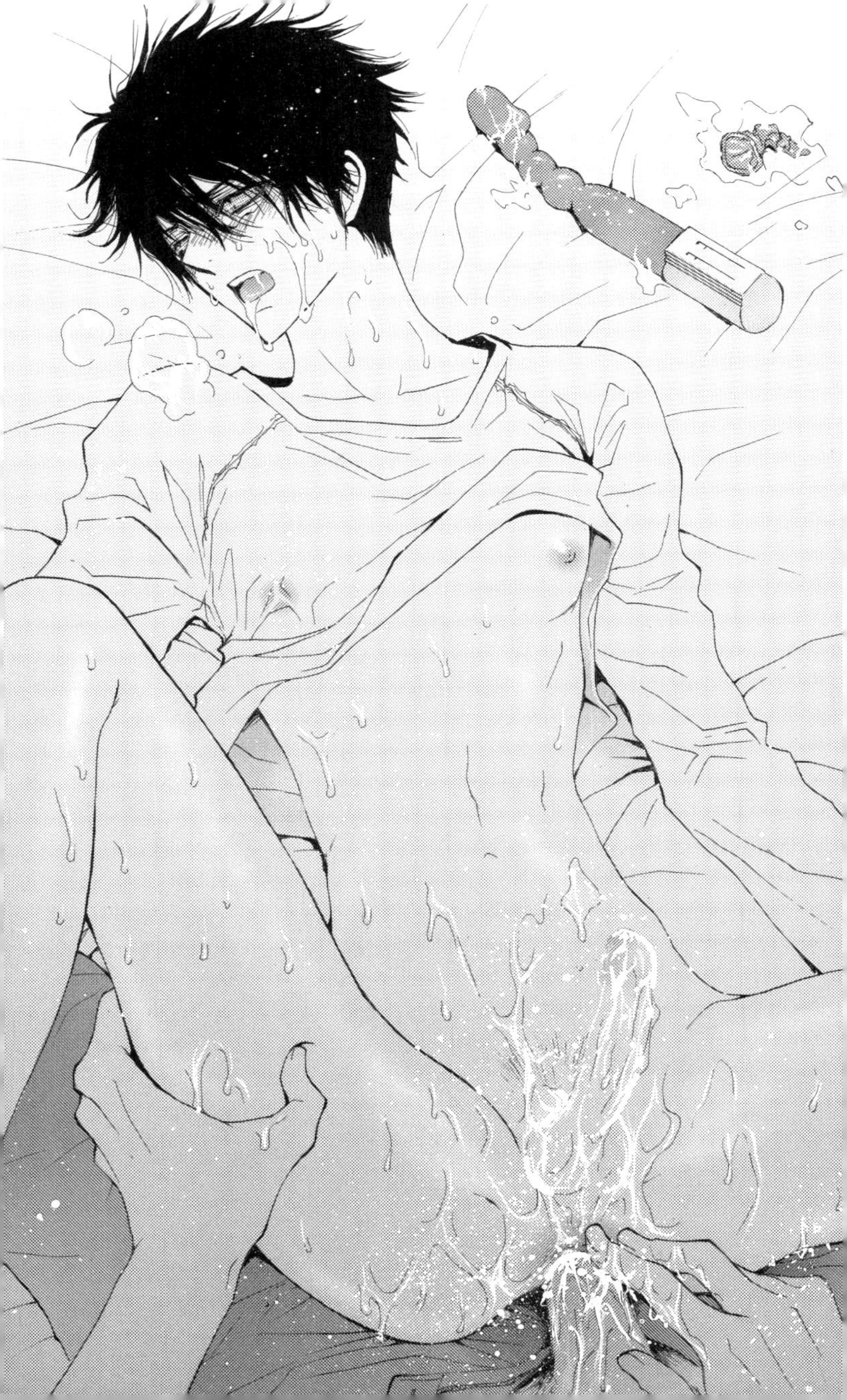

つ射精してもおかしくないほど勃起しているのに、吉祥の尻のなかで陰茎が膨らむ。

「や…ぁ…、太…」

自分がなにを口走っているのか、分かっているとも思えない。腕の下から覗く唇が、苦悶《くもん》の形に歪んだ。

「……っかた、ねーだろ。テメェが、締めっから…」

両手でしっかりと腿を押さえ、量感が分かるよう腰を揺らす。張り出した肉が奥を掻くと、吉祥の声が高く掠れた。

固く締まった入り口とは対照的に、深く沈めば沈むほど、奥はやわらかになる。ぬるぬるした肉にくるまれる感触が堪らない。眼を閉じて味わう代わりに、彌勒は時間をかけて腰を揺すり入れた。

「…ぁ、あ…、無……」

これ以上深く入るなど、あり得ない。訴えようとする兄に、腰を打ちつける。びちゃりと音を立て、クリームやら体液やらでぬるつく吉祥の尻に、陰嚢が当たった。

「このチンポでイイつったの、テメェだろ?」

教えるように、密着した尻を揺する。火照った陰嚢には、どろついた尻でさえひんやりとして感じた。形が変わるほどぴったりと陰嚢を押し当てて、喘ぐ兄の口元に屈み込む。

「…ぁ…ぅぐ……」

「苦しー?」

当たり前のことを尋ね、ふるえている顎を舌で辿った。白く形のよい顎先まで、唾液と苦い体液で汚れている。頷くこともできず、乾いた唇があく、と動いた。

大きく体を折りたたまれ、勃起しきった陰茎を押し込まれているのだ。腹どころか、喉の奥まで串刺しにされる心地だろう。

「すっげ広がってる」

のたうつ兄を見下ろし、自分を呑み込んだ穴を指で確かめた。血管を浮き上がらせた陰茎が、ずっぽりと埋まっている。他の誰でもない。兄の肉だ。皺がなくなるほど広がった穴を撫でると、吉祥が顎を突き出した。

「ひ…ぁ…」

仰け反った動きに合わせ、腹の上で細身の陰茎が揺れる。ぺちょりと音を立てたそれは、汚れた腹の間で再び反り返っていた。

「ケツ穴広げられっと、ンなになっちまうんだ」

二本に揃えた指で、つけ根から血管に沿ってぞろりと撫で上げる。それだけでどぷりと、先端から体液が滲んだ。

埋め込んだ陰茎を、握るように圧迫される。眉間を歪め、彌勒は艶やかに膨らむ先端をつまんだ。

「あー…、ぁ…」

背を軋ませ、弟の手に股間をすりつける動きで吉祥が悶《もだ》える。逃げようとしているだけかもしれない。だが髪を乱して跳ねる体は、視覚的にも興奮を呼んだ。上唇を舌でしめらせ、兄の陰茎をぬるりと扱《しご》く。

「…っ……ぁ、あー…」

きれいな色をした割れ目に指を引っかけた途端、吉祥が声を上げて射精した。湯のように熱い精液が、彌勒の指をぬらして腹にまで飛ぶ。食いちぎられそうな締めつけが陰茎を圧して、彌勒は奥歯を嚙んだ。

「っ……」

気持ちよさを通り越し、鳩尾近くを撲たれる心地がする。無意識に呼吸を止め、彌勒は兄の顎先に額を押しつけた。

「ぁ…、ぅう……」

苦痛に近い息が、抱き込んだ体のなかで渦を巻く。もっと深く味わいたくて、ず、と腰を揺すり上げた。

「ひ…、あ…ぁ…」

「すっげ…、吸いついてくる、テメェの、穴」

眼を眇《すが》めたまま、やわらかな肉をぐりぐりと掻く。背骨を舐める熱に、血が逆流するような感覚があった。射精後の衝撃《しょうげき》に強張る体を、休ませもせず小刻みに揺する。

「…ぅ…ぁ、動……」

「俺のチンポはイかしてくんねーのかよ」

荒い息遣いを聞かせ、耳殻を嚙った。にやつく声は、我ながら呆れるほど愉快そうだ。実際、愉快で堪らない。背中を汗が包んで、首筋が発熱しているのを感じる。腫れぼったくなった肉の輪が、引きつりながら陰茎を絞った。

「ぁ…、…苦…し…」

泣き声混じりの訴えに、直腸に埋めた陰茎が硬さを増す。排出する動きで尻穴がゆるみ、彌勒は腰を丸く揺らした。

「そりゃンなに出せばきちィよな」

掌を広げ、ぬるっと下腹を押してやる。白い腹を汚すのは汗とクリーム、そして吐き出された精液だ。くちゅ、と粘っこい音が鳴るだけで、涙にぬれた睫が揺れる。

「どんだけ出したんだテメ、俺までどろどろじゃねーの」

「っぅ…、ぐ……」

右手で腹を圧迫され、折り曲げた体が苦悶した。辛そうに歪む眉間を見下ろしても、突き入れた陰茎は萎《な》えたりしない。ここで萎えるとかあり得るわけがねえ。膨れきった肉を、彌勒はゆっくりと引き出した。

「テメェみたく、俺もイかせて？」

強請る声を、口腔に注ぐ。頷ける力など、残っているとは思えない。ただ怯えた声をもらした兄の粘膜に、繰り返し陰茎をすりつけた。

「…ぁ…、待……」

呻いた口腔を舐めて、深くまで捏ねる。

尻穴も口腔も、引きつる肉はとろりと甘い。彫りの深い眼窩《がんか》を伝った汗が、睫に引っかかった。こんな汗に塗れていると、箍《たが》もゆるむ。兄もまた、同じ汗にぬれているのだ。可笑しさと充足に、彌勒は息を詰めた。

「っ…」

「ぁ…、あー……」

声を上げたのは、吉祥だ。

腰骨が当たるほど突き入れて、射精する。奇妙な音が、自分の喉で鳴った。十分な酸素を肺に送らないまま、腰を引く。射精する先端をなすりながら動かすと、尻穴がきつく締まった。

「…ひ、っ…あー…」

互いの腹の間にある陰茎が、びちゃ、とぬれた音を立てる。搾り取られる感覚に、奥歯が軋んだ。

「ぁ…や…、熱…」

びくつく先端を、深く押し込む。

悶える首筋に、歯を立てたい。嚙みついて押さえつけ、思うままに腰を振りたい。奥の奥まで注いで、声を上げさせるのだ。衝動に喉が鳴り、彌勒は密着した体を揺すった。

「…う…、っ…ぁ…」

目元に翳されていた兄の腕が、シーツに落ちる。妙な生白さが眼について、笑い声が喉に絡んだ。

「や、だった…?」

熱の塊が、肺を迫り上がる。

口を開いて息を継ぐと、自分の肺が広がるのが分かった。犬みたいだ。否、犬以下だ。だから、どうだと言うのか。

血が冷えるような陶酔と、指先にまで広がる痺れに汗が流れる。射精の瞬間白む思考は、太陽光線が生む乱反射に似ていた。眼底の底を焼いて、世界を呑み込む。

鼻先に流れたしずくごと、顔に垂れた汗を拭った。沸《わ》き立ちすぎる血に、顳顬が痛え。だけど吉祥は、痛いどころではすまないだろう。

無造作に汗を拭った右腕を、兄の目が茫然《ぼうぜん》と映す。弟の裸など、珍しくもないはずだ。だが均整の取れた筋肉を纏うそれは、二人の違いを明確にしている。力なく瞬いた視線を見返すと、黒い双眸が瞼の向こうに逃れた。

「…ぁ…」

「ゴム、つけねーの。やっぱ、やだった？」

吐き出す声が、怠《だる》さに歪む。

射精直後は、誰だってそうだ。大儀そうに息を吐いて、無防備な肘に鼻先をすり寄せる。汚れたシーツに右手をつくと、ぶちゅ、と酷《ひど》い音を立てて繋がった場所が鳴った。大して面白くもないのに、肩が揺れそうになる。それさえも辛いのか、吉祥の瞼が歪んだ。

「あー、でもよー」

だらしなく語尾を伸ばし、気紛れに自分の腹に眼を落とす。ぞろりと掌で拭ってみると、そこも粘つく液で汚れていた。

「どっちにしろぐっちょぐちょか。お兄ちゃんの腹んなか」

陰茎を抜くことをせず、吉祥の左腿を持ち上げる。右腿を跨ぐ形で腰を入れると、瘦せた体がぐったりとシーツに落ちた。

「ぅう……」

抜き差しなどしなくても、肉の隙間から粘液が染みてくる。覗き込めば、濁った体液の色さえ分かりそうだ。音だけで確かめて、彌勒は兄の膝に頰骨を押し当てた。

「どー考えてもコイツ、全部俺ンじゃねーわな」

教えるように腰を揺すると、含みきれなかった粘液がぷちゅりと尻穴からこぼれる。開きっぱなしになった吉祥の唇が、怯えたように息をふるわせた。

「…あ…、抜……」

抜けと、命じるつもりだったのか。あるいは、懇願か。

顔を背けようとする兄を、彌勒はそっと揺すった。

「っぁ…」

ぬぷりと、わずかに抜き出た肉は、まだ完全に硬さを失ってはいない。黒い目が、信じられないものを見るように瞬いた。

焦点が定まりきっていないそれは、薄闇を溶かしたように黒い。

吸い込まれそう、というのはきっとこういう色だ。だがそこに溶け込みたいと願っても、叶わない。知っているから、こんな手段になるのか。

回りくどくて、反吐《へど》が出る。

「あー、安心して？」

喉に絡んだ声に、吉祥の視線がぎこちなく揺れた。

かわいそうな俺の兄。

誰よりも正しい世界を愛するくせに、天国の門は固く閉ざされている。いつでも兄を引き摺り落とすのは、この腕だ。

「生でヤらせてくれたお礼に、ちゃんとキレーにしてやるし」

全部が、終わったら。

親切そうに笑った口で、瞼を舐める。眼を閉じることなく、沈み込んだ。やわらかに光る涙の色が、舌を焼く。


サングラス越しに、世界を見る。

淡い灰色に染まろうが、全ては変わらずそこにあった。うつくしくて意味がなく、虚《うつ》ろな閉塞感に満ちている。

眠ったのは、一時間と少しだ。

緊張を拭う快楽物質が、穏やかに血中を満たす。死人みてぇに転がる兄を眺め、シーツを剝いだ寝台で微睡《まどろ》んだ。アルコールも薬物も、世界のどんな輝きも、こんな寛《くつろ》ぎと弛緩をもたらしはしない。

長く執拗な吉祥との性交は、閉めきった部屋に籠《こも》った匂いと空気を残した。どうせくたばるんなら、あんな部屋がいい。

太陽の光が窓から浸食しても、昨夜の痕跡は失せなかった。汚れきった寝具も、床に落ちたコンドームも、陰惨さはなかなかのものだ。だが最も悲愴《ひそう》だった兄の肢体は、いつもと同じ時刻には動き始めた。

振り返りもしなかった、白い首筋が眼底に焼きつく。

結局、中途半端だ。

徹底的に、痛めつけてやればよかった。足と言わず肋骨と言わず打ち砕いて、這い蹲らせるべきだった。切り刻んで縫い止めることも、自分には可能だ。それにも拘わらず、吉祥はくたばり損《ぞこ》ないの体を引き摺って、再び明るい世界へと逃れた。

ひっそりと奥歯を噛み、短い階段を上る。覚悟を決める必要があった。下らない世界に、風穴を開ける覚悟だ。

指輪を嵌めた腕を伸ばし、硝子張りの扉を開く。まだ真新しい建物は、校内では比較的近代的な外観をしていた。山のなかに自前のアイスリンクまで所有していやがるのだから、ここの学費が高額《たか》いのも当然だ。

デニムの尻ポケットに親指を引っかけ、観葉植物が置かれたホールを進む。リンクへと繋がる扉の前に、練習着姿の部員が見えた。アイスホッケー部の一年生だ。困惑の色を浮かべ、一塊になってリンクの様子を窺《うかが》っていた。試合を観戦している様子ではない。

「…おい、あれ」

彌勒に気づいた一人が、ぎょっとして隣の部員を小突いた。同じようにリンクを窺っていた部員が、慌ててこちらを振り返る。

「仁科弟!?」

緊張を含んだ声が、扉の向こうから響いた。スケート靴を手にした杉浦が、目を見開いて飛び出してくる。

「ちょ…。どーして…。誰が呼びに行ったわけ?」

慌てた杉浦の声に、手を上げる者は当然いない。

何故、こんな場所に彌勒がいるのか。

彌勒にとって、ここはなんの価値もない場所だ。誰かに呼び出されたからと言って、大人しく顔を出すとも思えない。唯一の例外があるとすれば、それは吉祥だ。だが昨夜の寮での一件を、杉浦が忘れているはずもない。殴り合う勢いで部屋に消えた翌朝、吉祥が一人、死人同然の顔で現れたら、どんな間抜けでも穏当な結末に至らなかったことは分かるだろう。

「彌勒君、なにしに来たわけ急に…って、待…!」

声を詰まらせた杉浦を無視し、扉へと進む。リンクへ向かおうとした彌勒の前に、杉浦が転がるように立ち塞がった。

「ちょ…!　駄目だって!　今騒ぎになんのはマジ勘弁《かんべん》!」

血で汚れたシャツを脱いだとはいえ、彌勒が穏当な理由でここを訪れたと思えるほど、杉浦は楽天家ではないらしい。

声を上げた杉浦とは対照的に、周りの部員たちは動けずにいる。煩わしさに任せ、彌勒は杉浦の足を払った。

「待…ッ」

ふらついた体を押し退けて、コンクリートで固められた通路をくぐる。

これから始まる練習試合に備えてか、天井には目映い照明が灯っていた。塩素臭い氷の匂いに、製氷車の排気が混ざる。糞寒いだけでなく、密閉された灰色の空間だ。面白味のないこのリンクに立つだけで、気分が高揚する輩もいるのだから人間の脳味噌は不可解だ。

見回すまでもなく、リンクの縁に人影が見えた。

リンク脇のベンチに、二十人ほどの部員がかけている。外にいた一年生とは違い、ほとんどが防具を着けた上級生だ。

試合前の打ち合わせのようにも見えるが、そうではないだろう。思い思いの席にかけた上級生たちが、通路に立たせた人物を取り囲んでいる。練習着姿の人影が誰であるか、彌勒にはすぐに理解できた。

「やめろって彌勒君…！　頼むから」

諦めの悪い杉浦が、後方から腕を摑んでくる。

いつもは快活な杉浦の目が、懸命な色でベンチに立つ人影を見た。すっきりと伸びた背筋が、皮肉なほど清潔に映る。

両手を後ろに組んで、吉祥が立っていた。

いつもより血の気を失った容貌が、リンクの冷気のなかで際立って見える。伏せられた瞼の青さに、拭いがたい疲労の影があった。当たり前だ。あの潔癖然とした兄は、窓の外が白むまで尻で弟の陰茎をしゃぶっていた。

自分がいつ眠ったのか、吉祥は覚えてさえいないだろう。眠るというより落ちるように瞼を閉ざし、昏々《こんこん》と寝台に沈んだ。それでもいつもより二時間ほど遅れただけで、兄は布団から抜け出した。

「手ぇ放せ」

サングラスを外し、短く命じる。大きく肩を引きつらせたくせに、杉浦は指を解かなかった。不安そうな目をした部員たちが、止めに入ることもできず様子を窺っている。

「放せるかよ…！　暴れんならよそでやれッ。折角吉祥君が、話つけよーとしてんのに…。あんたが部に顔出さないなら出さないで、先輩だってスルーは無理なんだ！」

シャツに指を食い込ませ、杉浦が死にそうな声で訴えた。

阿呆らしくて、笑いももれない。それが運動部の上下関係ってやつか。下らねえ。

文化部だった彌勒を運動部に転部させるため、実質的な労を担ったのは氷室だ。その氷室もまた、吉祥の後ろに控える形で立っている。

転部が奨励《しょうれい》されていない以上、部員を放出する側は勿論、受け入れる側も関わりを持ちたくないというのが本音だろう。杉浦のように実績がある生徒ならば、多少の弊害《へいがい》を呑んでも受け入れる価値はある。だが彌勒はどんな競技に対しても、実績を持たなかった。それにも拘わらずアイスホッケー部が火中の栗《くり》を拾ったのは、偏《ひとえ》に彌勒が戦力になる可能性に賭けたからだ。だが戦力になるどころか、彌勒は部に顔さえ出さなかった。賭けに打って出させたその責任を、氷室は問われているのだろう。

同時に氷室の連れであり、彌勒の実兄である吉祥も、無関係ではいられない。むしろ学年代表でもある吉祥は、より厳しい目を向けられるということか。それが運動部の論理だか知らないが、糞以下だ。

「聞いてんのかよ！　あんたが暴れたら吉祥君の努力が…」

「聞いてねー」

尚も食い下がる杉浦を、肘鉄で振り払う。

派手に転がった杉浦に、ベンチの男たちが振り返った。通路に立たされていた吉祥もまた、顔を上げる。黒い双眸が彌勒を捉え、動きを止めた。

それだけで、後頭部に重い痺れが生まれる。歪な世界の軛《くびき》が外れて、手足に新しい血が巡る心地がした。息継ぎもせず、百人くらい殴り殺せそうだ。

「待…」

デニムを摑もうとした杉浦を無視して、ベンチに進む。ぎょっとしたように、何人かの上級生が立ち上がった。

「なんだ、お前…」

困惑を映した目が、彌勒を見る。最前列の席で頭を抱えていた御厨も、気配を察して顔を上げた。

御厨が立ち上がるより早く、痩せた体が進み出る。

「部活動中だ。部外者は出て行け」

はっきりした声に、たじろいだのはむしろ上級生たちだ。驚いたような目が、叱責した吉祥を見る。

「吉…」

どうにか立ち上がった杉浦が、呻いた。

黒い目が、刺すように彌勒を捉える。明け方まで、涙に蕩けていた目だ。引き結ばれた唇も、強請る言葉を吐いたものと同じとは思えない。弟の陰茎をなすられた顔でさえ、汚れを拭い落とせば全てを忘れたかのようだ。

実際は睡眠《すいみん》時間を削られ、直腸を掻き回され続けた体は、立っていることさえ辛いだろう。だが背筋を伸ばす兄は、その片鱗《へんりん》も覗かせない。黒い目に宿るのは、ただ燃えるような怒りだけだ。

「聞こえないのか？　今すぐ出ろ」

兄の声に耳を貸さず、歩み寄る。後方の座席に座る紅谷が、腰を浮かせて身構えた。傍らのスティックを、引き寄せた者もいる。構わず、彌勒は最前列を見下ろした。

「彌勒…っ」

吉祥の腕が、肩に伸びる。息を詰めた御厨に、彌勒は深く頭を下げた。

「遅れました」

迷いのない声が、はっきりと響く。

離れていた杉浦にさえ、それは紛れることなく届いたはずだ。大きく目を見開いたのは、御厨だけではない。成り行きを見守っていた氷室でさえ、眼鏡の奥で眉を吊り上げた。

「…遅れた……、って……」

両腕で体を庇ったまま、御厨が低くもらす。

繰り返しはしたものの、その言葉の意味を理解できないといった顔だ。他の上級生たちも、唖然《あぜん》として息を詰めている。

「すみませんでした」

明確な謝罪に、今度こそどよめきが走った。

任命式の場で吊し上げられてさえ、恭順《きょうじゅん》の姿勢など示さなかった彌勒だ。部の規範に敬意を払うどころか、誰だろうと頓着なく殴る。全ては尾鰭《おひれ》がついた噂《うわさ》などではない。この場にいる何人もが目の当たりにし、なかには自らの身を以《もっ》て味わった者もいる。

その彌勒が、頭を下げているのだ。

俄《にわか》には現実を信じがたく、上級生たちが顔を見合わせた。

「…い、…一体……」

なにかの、間違いではないのか。警戒を露《あらわ》にする上級生に、彌勒は吉祥を顎で示した。

「こいつがなに言ったか知らねーが、吉祥は関係ねーし責任もねえ」

静かに告げた双眸が、上級生を見回す。反論は無論、言葉遣いを咎める者さえいない。引きつるように息を詰める音が、静まり返ったリンクに響いた。

「どういう…ことだ?」

「あんたらが文句あんのは、俺だろ。こいつ責める暇があんなら、今すぐ試合だか練習だか始めよーぜ」

表情一つ変えることなく、彌勒がリンクに視線を投げる。

未経験者である彌勒が口にするには、あまりに尊大な言葉だ。だがそれを嗤《わら》える者は一人もいなかった。

試合の名前を借りた、殴り合いだろうと構わない。そんなものを懼れ、部に顔を出さなかったわけではないのだ。大人しく、殴られる気もない。だがどんな結末になろうと、吉祥が負うべき責任は一つもなかった。

「……紅白戦…、いや、部活に顔出す気があるって…ことか…？」

自らの言葉を疑うように、御厨が呻く。

「ふ、ふざけてんじゃねーぞ…！　いきなり面見せて何様だテメ」

上級生の一人が、椅子を蹴って怒鳴った。

まさか彌勒が頭を下げてくるなど、予想もしていなかったのだろう。多勢に無勢だと、考えたのかもしれない。声を上げた一人を、彌勒は大した興味もなく一瞥した。

その眼光に、ぎくりと上級生が体を竦ませる。身構えるか、殴りかかるか。躊躇したその男の眼前に、影が落ちた。

「ふざけた一年の根性叩き直すってなら、ここじゃなくてリンクでお願いできませんか、先輩」

冷ややかな声音が、上級生を促す。進み出た氷室に、上級生が肩を弾ませた。

「だ、黙れ…ッ」

「……分かった。一年は全員出席ってことで了解した」

引きつった声を遮り、御厨が右手を上げる。

「…ってオイ御厨…！　いいのかよこんな話ッ」

食い下がった上級生に、御厨がきっぱりと首を横に振った。

「こいつが言う通り、兄貴と氷室小突いて憂さ晴らししたところで、時間の無駄なのは事実だ。さっさと用意して、紅白戦始めるぞ」

「それじゃけじめがつかねーだろッ」

「殴り合いがしたけりゃ練習の後にすれば。俺パス」

一早く手を上げた紅谷が、ヘルメットを摑んで席を立つ。スティックを手にしたもう一人も、それに続いた。

アイスリンクの外で、果たして彌勒と殴り合う覚悟のある者がいるのか。顔を見合わせる部員たちに、怒鳴り声を上げた上級生が歯噛みした。

「氷室が言った通りだ。先週リンクに見に行った奴は知ってるだろ。こいつが使えなかったら、試合で好きなだけ揉んでやればいい。もし戦力になるなら、二年も自分のポジションの心配をしとけ。以上」

立ち上がった御厨が、解散を促す。

「待…ッ」

尚も喚こうとした上級生に、氷室が眼鏡を押し上げた。

「問題ないですよね。まさか先輩、初心者に負けるわけないでしょう？」

怒鳴りつけようとした男が、ぎくりとして彌勒を見る。かち合った視線を、彌勒は頭も下げずに見返した。

「ヨロシクオ願イシマス」

慇懃《いんぎん》に棒読みにされ、上級生の顔に血の色が上る。だが鋭利な彌勒の双眸に、それもすぐに失せた。

同級生に腕を摑まれ、上級生が抗わず踵を返す。

「次からは遅刻すんなよ」

肩を竦めた氷室が、笑みもなく彌勒を見た。

「オッズは？」

練習着姿の氷室は、まだ防具を身に着けていない。準備のためにベンチを出ようとした氷室に、彌勒が短く尋ねた。足を止めた氷室が、にやりと唇を笑わせる。

「高配当だ。……お前が頭下げるのは想定外だったけどよ」

夢に見そうだぜ、と肩をふるわせた動きは、演技とは思えない。到底夢など見そうにない男を一瞥し、彌勒は舌打ちをもらした。

経緯はどうであれ、氷室はこの場に彌勒が出てくることを見越していたのだろう。氷室の懐《ふところ》を潤わせるのは業腹だが、全ては彌勒が選んだ結果だ。

「試合結果にも期待してるぜ」

口の端を吊り上げた氷室が、右の拳を掲げる。負ける賭けを、この男はしない。右肩を打った氷室の拳を、彌勒は避けることをしなかった。

「負ける方に賭ける莫迦いんのかよ」

不遜《ふそん》な言葉に唇の端で応え、氷室が通路を進む。同じようにベンチを出ようとした彌勒を、強い力が摑んだ。

「待て…ッ」

尖った声が、耳を打つ。

血の気を失った指が、彌勒のシャツを手繰り寄せた。

「なんで…、お前…！」

強引な力だが、振り払うことは簡単だ。それにも拘わらず、彌勒は引き摺られるままに吉祥を振り返った。

「試合、始まんじゃね」

氷室に促された一年たちが、ようやくホールへと引き上げてゆく。口にしたものの、本当はそんなことどうでもよかった。彌勒の言葉に応えることなく、吉祥が両手で弟のシャツを握る。

「どうして来たんだ、お前…」

黒い目が、彌勒を責めた。当然だ。

見開かれた吉祥の双眸は、疲労の影を残してうっすらと充血している。次の日リンクに立つことを知った上で、空が白むまで寝かせてもやらなかったのだ。

「……俺の、ためか…？」

応えない彌勒に、吉祥が低く問う。

鉛を呑んだように固く、冷たい声だ。ぎ、と引き寄せられるシャツが、嫌な軋みを上げた。

「俺や氷室が先輩たちに…責められずにすむように…、そんなことのために来たのか？」

「だったら？」

短い声が落ちる。逸らすことなく見下ろした視線に、吉祥の喉が潰れたような音をもらした。

「頼んでない、そんなこと…！　お前に庇ってもらわなくても…」

事実吉祥は彌勒の助勢など、少しも期待していなかっただろう。そんなこと知っていて、彌勒はリンクを訪れた。

「ここ来たのは、テメェを庇うためじゃねー」

微かに、自分の息が凍るのが見える。否定した彌勒に、黒い双眸が訝《いぶか》しげに歪んだ。

「じゃあ…」

「ホッケー、するために来た」

日差しが照らす世界を抜け、この糞寒いアイスリンクに足を運ぶ理由などわずかしかない。応えた彌勒に、形のよい眉がぴくりと跳ねた。

「なに…言って……」

弟の言葉の意味を、計りかねているのだろう。強張った吉祥の睫が、神経質に瞬いた。

「だってお前…、ホッケーなんか興味ないって…」

「ねーよ」

迷いなく、応える。

何度耳にしても、それは吉祥にとって辛い言葉なのだろう。曇った眉間に、彌勒は歯の隙間から息をもらした。

「だった、ら…」

「でも、お前と一緒にやってみてーと思って」

アイスホッケーになど、興味はない。それは偽らざる彌勒の本心だ。

アイスホッケーに限らず、自分が興味を持てるものなど限られている。むしろただ一つを除けば、世界の全てが無価値だった。彌勒自身も、例外ではない。

全知全能の糞野郎が、自分たちをこの形に作った。自分に多くのものを詰め込み、そして不可欠なものを削ったそいつは、彌勒に与えるべき尊いものの全てを兄に注いだのだろう。二つ身に別れて世界に蹴り出された後も、結局自分は兄を求めた。もう二度と融《と》け合って、一つにはなれないと知っていてもだ。

スティックを握ったところで、なにかが変わるとは思えない。

だが全てを諦める必要が、どこにある。

存在さえ期待していなかった四月からの生活がここにあるように、リンクに立つことを否定する理由もないのだ。

熱中や熱狂、そして充足さえも自分を救いはしない。それでも、兄の世界を覗いてみたいと思った。

それが吉祥の目に映るものとは違っていても、彌勒の世界を輝かせるものは一つなのだ。

「テメェはそー思ってるわけじゃねーんだろーけど」

口になどしたくないのに、苦りきった呟きがこぼれる。

皮肉というより、それはただの恨み言だ。唇を歪め、彌勒は半歩、体を引こうとした。だが許されず、瘦せた指がシャツに新しい皺を刻んだ。

「思ってるに決まってるだろう！　そんなこと…ッ」

明確な、怒声が響く。

引き寄せられるまま足元が揺らぎ、彌勒は床を踏み締めた。弟を引き倒す勢いで、吉祥の指先がぎりぎりとシャツに食い込む。

「テメェ吉祥、なに言って…」

この耳が、兄の声を聞きもらすはずはない。確信はあったが、それでも彌勒にはその言葉が信じられなかった。

「俺だって、お前とホッケーがしたいから、それで…」

「違ぇだろ。テメェはホッケーやれりゃなんでもいーんだろ。俺にやれって言う理由だって上級生がどーのだの、打ち込めるもんがあれば変われるだの…」

歯を剝き出しにした彌勒に、吉祥がたじろぐ。だがそれも一瞬のことだ。シャツから指を解くことなく、兄が眦を吊り上げた。

「そんなこと、言わなくても分かるだろ…ッ」

糞真面目な兄は、融通が利かないだけではない。手に負えないほど頑固《がんこ》で、弟に対しては年長者の独善的立場を発揮さえした。

「分かるわけねーだろフッー」

「ふ、普通って言うな！　普通じゃないことばっかりするくせに…！」

襟首を締め上げる両手で、吉祥が厚い胸板を打つ。息を詰めることもせず、彌勒は真顔で眉をひそめた。

「それって男同士でどろっどろの近親相姦《そうかん》ファッ…」

「黙れ…ッ」

殴りつける勢いで、口を塞がれる。ぎゅうぎゅうと押しつけられる兄の手に、彌勒は大きく息を絞り出した。本当は子供みたいに歪んだ唇を、見られずにすみほっとしたのかもしれない。痩せた吉祥の手に、彌勒はぎこちなく鼻面をすりつけた。

「彌…っ」

「マジでヤりたかったんだ？　お兄ちゃんも俺と」

揶揄《やゆ》やいやらしい冗談を、混ぜてやれれば成功だ。だがそうすることもできず、ぼそぼそと情けない声が出る。

「ホッケーを、だ！」

叫んだ吉祥の指先に、唇を当てた。冷えた指を齧りたくて、口を開く。だが第一関節をくわえる前に、意外な素早さで取り上げられた。

恨みがましく上目遣いで睨み、吉祥の肩口に額を寄せる。警戒する兄の首筋からは、清潔な石鹸《せっけん》の香りがした。昨夜の余韻《よいん》など、少しもない。なめらかな皮膚の味を思い描き、彌勒は眼を閉じた。

「俺も、超ヤりてー」

薄い吉祥の肩に額を預け、低くもらす。声に籠った率直さに、兄が唇を引き結ぶ気配があった。困ったように揺れた吉祥の指が、もたれかかる弟の髪に触れる。

「だから、ホッケーを、だろ」

渋《しぶ》い訂正の声に、笑いがもれそうになった。

わがままな弟に手を焼く、兄の声だ。ちいさく体が揺れて、肺の奥で息が弾ける。屈託のない笑い声をもらし、彌勒は吉祥の首筋に額をすりつけた。

「彌……」

「すっげ、俄然勝てる気してきた。や、最初から負ける気してねーけどよ」

大らかに告げて、視線を上げる。間近から自分を見る黒い双眸が、驚いたように瞬いた。こんなにも艶やかな黒は、他にない。首だけ傾けて、薄い唇に口を押しつけた。

ちゅっと音を立てて重なった唇は、冷えきった空気のなかでさえやわらかだった。

「な…ッ…」

顳顬を預ける体が、大きく跳ねる。こぼれそうに見開かれた兄の目を眺め、彌勒は体を揺らした。

「勝ったらご褒美《ほうび》くんね、今日の試合。今度こそ、本物のデートってやつ」

アイスホッケーを始めるのも、今日の勝利も、全てが既成事実であるかのようだ。実際、そうなるだろう。過剰に与えられた自分の一部は、そのためにある。呼吸をするように自然で、単純なことだ。

大慌てで口元を押さえた兄が、周囲を見回して弟を睨む。幸い、試合準備に忙しい部員たちは、皆ロッカールームやホールに引き上げていた。だからと言って、吉祥の動悸《どうき》が治まるとは思えない。

「そんなことは、勝ってから言え…！」

全く兄の言葉は、いつだって正論だ。

口吻《くちづ》けの代わりに拳を見舞われ、彌勒はもう一度笑い声を上げた。


日増しに強くなる陽光が、新緑の上で乱反射する。サングラスを持って出なかったことを思い出しながら、彌勒はバスの段差を上った。

青い二人がけの座席が、日差しを浴びて並んでいる。今時、都内では絶対に見かけなさそうな車体だ。数年前までは、床が板張りの車が走っていたとも聞く。古臭い車体がとろとろと、ほとんど利用者のいない山道を行き来するのだ。

「明日には廃線になんじゃねこれ」

前を歩く吉祥に続き、乗客のいない車内に乗り込む。弟の口の悪さを窘めることなく、吉祥が一番後ろの座席に腰を下ろした。

紅白戦を終えた次の土曜も、空は快晴だ。鼻歌でも歌えそうな気分で、彌勒は隣に座った兄を見た。

「どーよ嬉しー？　お兄ちゃん」

がたんと、大きく揺れながらバスが動き出す。両足を投げ出して尋ねると、形のよい眉が歪んだ。

「そりゃ…」

「嬉しーつか二年弱すぎじゃね。完全素人《しろうと》が二人もいる一年チームに負けるってあり得ねー」

は、と鼻先で笑い、背凭《せもた》れに後頭部を乗せる。

先週末の紅白戦の結果は、予想通りだった。大半の人間にとっては、全くの予定外だったかもしれない。だが吉祥と彌勒が所属した一年生チームは、上級生にさえ勝利した。二人も素人を抱えていたにも拘わらず、四つのゴールをものにしたのだ。

「先輩たちも予想外だったと思うぞ…」

口籠る兄の膝先に、光の影が落ちている。掌で確かめたら、体温以上のぬくもりを感じ取れるはずだ。

「まーちょーっと？　ラフプレーが目立って動けなくなってた野郎も何人かいたけど？　つっても仕かけたの俺じゃねーし？　怪我つーほどの怪我じゃなかったし？」

アイスホッケーと怪我は、切っても切り離せない。氷上で、彌勒も手荒い歓迎を受けた。そのたびに叫びを上げて転がったのは、相手の方だ。兄と同じセットで出場した彌勒は、経験者の選手と同じ運動量でリンクを走った。

「…きれいな試合、っていうのも覚えないとな。後に引っ張るような怪我は、誰もしなかったからよかったけれど」

思い出したように、吉祥が唸る。

彌勒を含めたチームの勝利を、兄はどこまで信じていただろう。人一倍練習熱心な吉祥は、言うまでもなく負けず嫌いだ。相手が誰であれ、敗北を前提に試合に挑んだりはしない。だが実際勝利できたことに、驚いてもいた。

今日という日の、約束のせいもあるだろう。

もう一度二人で出かけたいと、彌勒は兄に強請った。最初はたじろいでいた吉祥も、約束を反故《ほご》にはできないと悟ったらしい。結局は弟を校外に連れ出すため、律儀《りちぎ》にも外出許可を申請してくれたのだ。

「俺初心者よ無茶言ーなっての。つか喜んで？　ンなカワイイ弟にご褒美プレゼントできっこと」

背凭れに左腕を乗せ、わざとらしく兄を覗き込む。生意気な弟を、ぬれたような双眸が睨んだ。だがそれも、長くは続かない。日差しに溶けるように、吉祥が黒い睫を伏せた。

「……確かに、よく頑張った」

歯切れの悪い賛辞にさえ、口元がゆるむ。

「でしょ？」

「……我慢も、できてたし。それに…」

言葉を継いだ兄が、視線を上げて彌勒を見上げた。

「それにお前、本当に強かった」

強いと言われたことなど、掃いて捨てるほどある。むしろそれは彌勒にとって、当然のことだ。だが兄に口にされると、これほどまでに甘い。

「…先生がよかったからじゃね」

血中を満たすなにかに、顳顬が痛くなりそうだ。柄にもなく、顔が赤くなる。ぶっきらぼうな口調を作ると、少しだけ吉祥が笑った。

「だといいな」

「…で、今日はどこ連れてってくれんのよ？」

がたがた揺れる背凭れに後頭部を預け、窓際に座る兄を見る。

前回と同様に、行き先は吉祥に任せていた。どうせ自分がうろつくような場所に、兄を連れて行っても意味はないのだ。吉祥が好みそうな場所を選んでもよかったが、それならば最初から責任と主導権を渡しておけばいい。どうせ兄が好みそうな場所も、そして思いつきそうな場所も一つしかないのだ。

先週訪れたものと同じ、アイスリンク。

デートと呼ぶには、少々疑問が残る。だが彌勒にとっても、それは嫌な選択肢ではなかった。むしろ吉祥と共に、もう一度あそこに行きたいと思う自分に驚く。

「ああ、それなんだけどな…」

鞄を引き寄せた吉祥が、彌勒を見た。先週携《たずさ》えていたものと同じ、大きな鞄だ。それを手に寮を出た兄を眼にし、彌勒は今日の行き先を確信していた。

「ホテルだ」

ほらな、やっぱそこかよ。頷こうとして、彌勒は動きを止めた。

「……あ？」

幻聴《げんちょう》まで聞こえるのか、この頭は。

聞き返すまでもなく、吉祥の声は耳に届いた。だがその意味が、分からない。鋭利な目元を眇めた弟に、吉祥が鞄から紙片を取り出す。刷り出された、地図と店舗《てんぽ》の紹介だ。

「乗り継ぎの必要がなくて、バス停から近い所がいいと思ったんだが、近すぎるのも困るのかと思って」

真顔で首を捻った吉祥が、刷り出された紙を差し出す。確かにそこに紹介されているのは、ホテルだ。だが純粋な宿泊施設と言うより、御休憩時間借り性交用寄りすぎる。ぶっちゃけるまでもなく、ラブホテルだ。

「……近けーつか、ど真ん中つーか、え、ちょっと、なによ基準って」

先程とは違う意味で、顳顬が痛む。

手にした刷り出しには、幾つかの写真が掲載《けいさい》されていた。建物の外観は普通だが、個別の部屋はそこそこ個性的だ。吉祥の目には、もしかしてこれが普通のホテルに見えているのだろうか。もし見えたとして、吉祥が今日普通のホテルとやらに向かう理由がどこにある。

「お前がどんなホテルに行きたいか、よく分からなかったから」

アイスホッケーのルールを説明するより淡々と、吉祥が眉根を寄せた。

「……その俺っぽいチョイスが、回転木馬《メリーゴーラウンド》つきな部屋なわけ？」

回転木馬の他にも、やたらと大きな水槽《すいそう》が置かれた部屋まである。どれも清潔そうな写真だが、これと兄には少しの親和性も感じられない。

「彌勒がデートで行きたそうな場所がどこか、氷室に聞いたらホテルだって言うから…。だから調べてもらったんだ」

すっきりと背筋を伸ばしたまま、吉祥が莫迦正直に応える。

「……の糞眼鏡…」

うっすらと予感はあったが、やっぱりそんな話か。

今朝廊下で擦れ違った氷室の顔が、脳裏を過る。

あの腹黒い男を、吉祥は心底信頼しきっていた。デートの相手が吉祥自身であることを伏せ、弟ならどこに行きたがるか、とでも尋ねたのだろう。そんな話を振られた氷室も、災難といえば災難だ。だが結局は、あの眼鏡も吉祥にだけは甘い。せがまれれば、こんなホテルの情報まで印刷せざるを得なかったのだろう。

「戻ったら、殺す…」

回転木馬は、せめてものいやがらせか。

低く呻いた彌勒を、吉祥が黒い双眸で覗き込む。明るい日差しのなかで、兄の目はいつもより大きく、心なしか虹彩の縁が濃く見えた。

「……嫌だったか？」

真剣に問われ、彌勒がまじまじと兄を見返す。

「嫌つかなんつーか。……って、テメ目玉ぐるぐるになってんぞ？」

よく見れば、鞄を乗せた兄の膝先がこまかくふるえていた。過剰に分泌《ぶんぴつ》される幸福物質が、彌勒の洞察《どうさつ》力を鈍らせていたのか。あるいはただ、兄との外出に浮かれていただけかもしれない。

じっと自分を見る吉祥の目は、不自然に見開かれている。その上明らかに、いつもより瞬きの回数が多かった。

「だって…、約束、したし。お前、試合も、先輩たちへの挨拶《あいさつ》も、本当によく頑張ってくれたし…」

表情を変えずに訴えた兄が、肩で息をする。無理をしすぎた、子供みたいだ。

「テメェが頑張りすぎだろオイ」

頑張りすぎと言うには、若干障壁が低すぎるかもしれない。だがなんと言っても、相手は自分の兄なのだ。

「……もしかして、違う所に、行きたかったのか？」

初めて気づいたように、吉祥が瞬く。

どこまで融通が利かなければ、気がすむのだろう。指輪を嵌めた右手で、彌勒は溜め息がもれそうな口元を押さえた。

「なあ、彌勒、どうなんだ」

大きな鞄を抱えたまま、吉祥が尋ねる。その鞄の中身がなんであるか、疑問がちらりと脳裏を掠めた。スケート靴でないことは、確実だろう。こんな目をした吉祥が、なにを詰め込んできたのか。想像がつきそうなところが少し恐ろしい。

「……リンク」

苦くなった口腔の奥で、唸る。

「……え？」

不明瞭《ふめいりょう》な弟の声に、吉祥が眉根を寄せた。食い入るような兄の目を見返し、彌勒が大きな息を吐く。

「今日は吉祥と、リンク行きてーって思ってた」

取ってつけたような言い訳でも、揶揄でもない。歯切れの悪い弟の告白に、吉祥の双眸がより大きく見開かれた。

ぽかんとして弟を見た吉祥が、三度、続けざまに瞬いた。

「……吉祥？」

動きを止めた兄を、恐る恐る呼ぶ。

後ろ向きに、倒れるのではないか。幸い、ここは最後部の窓際だ。昏倒《こんとう》したところで、頭を打つ心配はない。思い巡らせた彌勒の鼻先で、唐突に吉祥が立ち上がった。

突き出された兄の腕が、彌勒が手にした紙に伸びる。

「うお…」

引きちぎる勢いで、奪い取られそうになった。闇雲に腕を振り回した兄から、反射的に紙片を守る。

「よこせ…ッ！」

怒声が、がら空きの車内に響いた。運転手の肩がびくつくのが分かったが、吉祥はそれどころではないらしい。

「返せッ、それ…ッ！」

立て続けに上がる声は、もうほとんど泣き声だ。実際顔色をなくした吉祥の眦には、薄い涙が滲んでいる。

「やだ」

くしゃりと紙片を握り込んだ弟に、吉祥が断ち切られたように動きを止めた。一瞬呆けた目で座席を見下ろした兄が、今度は大きな鞄を摑む。走行する窓を開こうとした吉祥を、彌勒が立ち上がって羽交い締めにした。

「放、せ…ッ」

叫ぶ兄が、窓から鞄を投げようと暴れる。

山道を走るバスが大きく蛇行《だこう》したが、対向車はいない。運転席を睨むと、バックミラー越しに運転手がハンドルを握り直した。

「分ぁった。分ぁったから落ちつけ」

「かかかかか帰る…っ」

がたがたと体をふるわせる吉祥を、どうにか座席に引き摺り戻す。

しっかりと肩を抱いて縫い止めると、吉祥の奥歯が鳴った。

「えー。行こーぜ。折角デートするって約束したんだし」

「や……」

甘ったれた声に、瘦せた肩が跳ねる。痛々しいそれに、体をすり寄せた。

「リンク」

鼻先へ落ちた言葉に、吉祥の睫がぎくりと揺れる。呼吸さえ忘れたように、座席が作る陰のなかから兄が自分を見た。

「……リン…ク？」

捨てられなかった鞄を両腕で抱え、吉祥が間の抜けた声をもらす。頷き、彌勒は手のなかの刷り出しを示した。

「先に俺の行きてーとこ行って、で、次にテメェが行きてーとこ行こーぜ」

「待…ッ、別に、俺は…！」

「テメェが興味なくても、俺のために考えてくれたんだろ？」

首に回した腕で、悲鳴を迸らせた兄を抱き寄せる。鼻先がぶつかりそうな近さで、吉祥が息を詰めた。

「それ…は……」

「すっげー嬉しー」

言葉の通りに、唇がほどける。

吉祥自身が率先《そっせん》し、回転木馬が廻るホテルに行きたがっていないことくらい、百も承知だ。だがその兄が自分との約束を果たすため、決めなくてもいい覚悟まで決めてくれた。吉祥の傍らではただでさえ大盤振る舞いな自分の脳味噌でなくても、これを喜ばない理由はない。

「糞眼鏡の仕込みってのがイマイチちゃイマイチだけど？　でもお兄ちゃんのチョイスサイコー。ありがとマジで」

繰り返して、吉祥の額に額を寄せる。

日差しであたためられた髪と、やわらかな肌の匂いがした。吉祥の肩越しに窓を見上げ、確かめなくても分かる。この眼に映るだろう空の色は、容易に想像がついた。

吉祥が自分にもたらす、唯一無二の色彩だ。

鼻面をすり寄せると、まだ微かにふるえる吉祥の指が髪に当たった。頭ごと、引き剝がされるのか。

身構えた彌勒の髪を、不服そうな指が引いた。

「……………リンクに行って、死ぬほど滑って、基本練習もやれるだけやって…、それでもそんな気力が残ってたら、だぞ」

苦りきった声が、釘を刺す。

どろりと、溶けた脳味噌に溺《おぼ》れるかと思った。

どこまで弟に甘いのだ。首に回した腕だけでは足りなくて、二本の腕で兄を引き寄せる。

「彌…」

啄《ついば》む動きなど省略だ。嚙みつくように、薄い唇を口で塞ぐ。のんびりとカーブを曲がったバスが、大きく揺れたが構わない。伸ばした舌で、べろりと甘い唇の内側を舐めた。

「な、お前…っ…」

真っ赤になった吉祥が、次の瞬間には血の気を失う。

「超自信あるけどよ。お兄ちゃんの計画が無駄になんねーよーに、今からここで準備運動、していかね？」

窓に映る空の鮮やかさが、座席の青に落ちる。安っぽい色彩に混ざろうと、眼底を焼く色は本物だ。知っている。雲の上に、天国などない。悲鳴の形に開かれた唇に、彌勒は強請る声を注ぎ込んだ。

あとがき

この度は『ブラザー×セクスアリス』をお手に取って下さいましてありがとうございます。仲良しすぎる、年子の兄弟のお話となります。実の兄弟で××だなんて…！　という真っ当な倫理観をお持ちのお方も、少々お目を瞑ってご覧頂けましたら大変嬉しいです。

前作の『ブラザー×ファッカー』より、少し間が空いてしまいましたが、支えて下さった方々のお陰様で、今回形にして頂くことができました。前作をご存知でいらっしゃらないお方にも、今回の本のみでなんとなくご理解頂ける一冊を目指したつもりです。素敵な香坂《こうさか》さんの表紙に心惹かれてお手に取って下さったお方、是非この巻からでもチャレンジ頂けましたら嬉しいです。

今回も、とても格好よくも可愛い二人を描いて下さった香坂さん、本当にありがとうございました…！　雑誌掲載時のカラーイラストもピンクなお道具山盛りで素敵でしたが、今回の表紙も超お気に入りです～！　そして度々ご相談に乗って下さったY様。貴重なご助言と打てば響くご提案をありがとうございました。活かしきれていない点が多く、申し訳ありません(涙)。ご体調が悪いなか、ご尽力下さったみゆき様。誇張ではなく、みゆき様のお陰様で間に合いそうです。また最後の最後まで励まし、深夜にまで根気よくおつき合い下さったS様、本当にお世話になりました。そして今回も沢山はらはらさせてしまったK様。K様が注いで下さったお力や、親身になって下さったお気持ちを思い返す度、自分の不甲斐なさや気持ちの弱さを反省しております。今日まで私が小説を書く、ということに携わってこられたのも、偏にK様のお陰様です。またK様とご一緒させて頂けますことを、今から楽しみにしております。是非よろしくお願い申し上げます。

最後になりましたが、この本をお手に取って下さいました皆様に、心より感謝申し上げます。真面目だけど破壊力抜群の天然お兄ちゃんと、どんな薬品でもなくお兄ちゃんしか効かない弟のお話を書かせて頂くことができ、本当に嬉しかったです。自分の力不足に臍を噛みつつも、小説を書くことの楽しさを満喫させて頂きました。そんな私の喜びが少しでも形になっていたら、そしてそれをほんの少しでも楽しんで頂くことができたら、これ以上嬉しいことはありません。ご感想などお聞かせ頂けましたら、飛び上がって喜びます。

それではまたどこかでお目にかかれる機会がありましたら幸いです。最後までおつき合い下さいまして、ありがとうございました。

篠崎《しのざき》一夜《ひとよ》

http://sadistic-mode.or.tv/（サディスティック・モード・ウェブ）

TOHRU
KOUSAKA

今日の保健体育は
コンドームの装着方法だ
えーと
誰か…
仁科!
前に出て
やってみろ
はい
コンドームに
傷をつけないように
中身を片側に
寄せて
切れはしも傷の
原因になるので完全に
切り離します
おお ちゃんと予習
してきたのか
感心感心
それから
口にくわえて
性器に――
!?
ちょッ…おまッ…
何をやっとるんだ
仁科ァアアア!!
えっ!?
違うんですか!?
でもこれが正しい
やり方だって
彌勒が――
その頃の彌勒
保健室
グー。

ブラザー×セクスアリス

いいか吉祥
悪いことは言わん
弟にホッケーやらせりゃすべてうまくいく
部活で疲れてセックスする気もなくなることうけあいだ
な…なるほど!!
部活後
よしっ…今日は…ここまでにするか…!
ヨロ
ヨロ
おまえももうクタクタだろ……!?
帰ったらすぐ休もう…!
オッケー
でもその前にヤルことヤッてからな♥
!?
いいか仁科弟
悪いことは言わん
ホッケーやったらすべてうまくいく
吉祥が喜んでセックスさせてくれることうけあいだ
スッキリ
…!!
って言われた
二枚舌

初出
ブラザー×セクスアリス ―――― 2012年 小説リンクス2月号を加筆修正
オーバー×ドーズ ―――― 書き下ろし

この本を読んでの
ご意見・ご感想を
お寄せ下さい。

〒151-0051
東京都渋谷区千駄ヶ谷4-9-7
(株)幻冬舎コミックス　リンクス編集部
「篠崎一夜《しのざきひとよ》先生」係／「香坂透《こうさかとおる》先生」係

リンクス ロマンス

ブラザー×セクスアリス

2013年3月31日　第1刷発行

著者……………篠崎一夜《しのざきひとよ》
発行人…………伊藤嘉彦
発行元…………株式会社　幻冬舎コミックス
〒151-0051　東京都渋谷区千駄ヶ谷4-9-7
TEL 03-5411-6434（編集）
発売元…………株式会社　幻冬舎
〒151-0051　東京都渋谷区千駄ヶ谷4-9-7
TEL 03-5411-6222（営業）
振替00120-8-767643
印刷・製本所…共同印刷株式会社
検印廃止

ISBN978-4-344-82787-5 C0293
Printed in Japan

幻冬舎コミックスホームページ　http://www.gentosha-comics.net